藏耕楼诗话

霍小平◎著

中国文联出版社

图书在版编目（CIP）数据

藏耕楼诗话 / 霍小平著. - 北京：中国文联出版社，2022. 7

ISBN 978 - 7 - 5190 - 4880 - 8

Ⅰ. ①藏… Ⅱ. ①霍… Ⅲ. ①诗歌研究—中国 Ⅳ. ①I207. 22

中国版本图书馆 CIP 数据核字（2022）第 099707 号

作　　者　霍小平
责任编辑　王　斐
责任校对　胡世勋
装帧设计　文飞燕

出版发行　中国文联出版社有限公司
地　　址　北京市朝阳区农展馆南里 10 号　　邮编 100125
电　　话　010 - 85923025（发行部）　010 - 85923091（总编室）
经　　销　全国新华书店等
印　　刷　四川金邦印务有限公司

开　　本　880 毫米 × 1230 毫米　1 / 32
印　　张　4. 25
字　　数　90 千字
版　　次　2022 年 7 月第 1 版第 1 次印刷
定　　价　48. 00 元

目　录

第一辑　死为星辰，致君尧舜

第二辑　百年新诗的流变与遗恨

第一辑

死为星辰，致君尧舜

序：我们还需要格律吗

诗分两种，旧诗、新诗。旧诗，即格律诗，又分古体诗与近体诗两大部分，之后宋词与元曲为继。大致发展如下：

<table>
<tr><td rowspan="5">古体诗
（唐之前诗歌统称）</td><td>四言诗</td><td>《诗经》</td></tr>
<tr><td>骚体诗</td><td>《离骚》</td></tr>
<tr><td rowspan="3">古风</td><td>五言古诗（五古）</td></tr>
<tr><td>七言古诗（七古）</td></tr>
<tr><td>杂言诗（长短句）</td></tr>
<tr><td rowspan="7">近体诗
（唐及之后格律诗）</td><td rowspan="2">律诗</td><td>五律（八句）</td></tr>
<tr><td>七律（八句）</td></tr>
<tr><td rowspan="3">绝句</td><td>五绝（四句）</td></tr>
<tr><td>七绝（四句）</td></tr>
<tr><td>六绝（四句）</td></tr>
<tr><td rowspan="2">排律</td><td>五言排律
（十句以上）</td></tr>
<tr><td>七言排律
（可达百句以上）</td></tr>
<tr><td>词</td><td>于宋，词体词调至备</td><td>有大约 2000 种体式</td></tr>
<tr><td>曲</td><td>于元，小令套数至盛</td><td>是杂剧与散曲的统称</td></tr>
</table>

新诗，即自由诗，又称无韵诗，自五四运动以来，一直在

不断地流变与探索之中。

如闻一多先生所言，“诗之所以能激发情感，完全在它的节奏；节奏便是格律”。

再如，以现代语言的节奏取代格律严整的韵脚，同样甚至更好地产生“愉悦感官的芬芳气息”，即获得诗意。

那么，新诗，至少是节奏诗。

因为，写诗“绝对要有音节或韵，因为音节和韵是诗的原始的唯一的愉悦感官的芬芳气息，甚至比所谓富于意象的富丽的辞藻还更重要”（黑格尔《美学》）。

通过以上分析与推论，我们终于得出了如下结论：

新诗，区别于旧诗，不是依靠传统的格律，而是通过语言的节奏来获得诗意的诗歌！

（一）：统一诗论的提出

——读肖向云先生编《民国诗论精选》

没想到，此书是我2017年春节期间主要的精神食粮。该书购于某次登机之前，而后就呼呼大睡了！年底清理书报，重被找了出来。

第一遍读罢，某就构建了一个“统一诗论”的小目标。何也？新诗旧诗，在百年来的中国，似乎是两种不一样的诗歌，或者越走越远了！但诗永远是诗，民族仍然是这个民族啊！

第二遍读罢，某越发明白新诗旧诗该统一于几方面：

其一，音乐美，即美于口也！不管新诗旧诗必须有音乐美，或节律美。也就是说，必须适合于诵读或朗诵，否则，就不能称诗也。

这是一种在静观与默诵之中形成的二维之美，可在一句之内与多句之间反复产生，是一切所谓诗歌之所以成为诗歌的必要条件！欧阳修有篇《秋声赋》，起始就说：“欧阳子方夜读……”描写的正是他在享受这种美时，突然被某种更美的东西打断了，于是转移了注意力。而这一转移成就的千古华章，更是一首优美的诗歌啊！

其二，意境美，即美于眼也！不管新诗旧诗必须有意境美，或绘画美。也就是说，必须通过文字营造出让读者可以自由出入的意境。否则，就难以称诗也。这是一种展现在作者自己与读者面前的三维空间之美。中国的古典山水诗，从谢灵运、陶渊明开始，就反复地描绘与呈现这种美，一读就现于眼前，一诵即涌于心间。其实《诗经》从篇首就开始营造意境之美了，而且，每一个呈现在我们面前的意境，都像极了一个丰满靓丽而遥远的梦境！

其三，情绪美，即美于形也！不管新诗旧诗必须有情绪美，或情节美。也就是说，必须通过文字营造出让读者可以感观的戏剧或动画，否则，就难以称诗也。在意境美的三维基础上，加上时间的维度，就油然而生四维的情绪美了。这种美感，可在一句之内产生，但更多的是在多句之间联想。就像放幻灯片，柔肠百转的情绪或跌宕曲折的情节就在句与句之间起起落落，飘飘洒洒。

其四，感发美，即美于兴也！优秀的新诗旧诗必须有感发美，或兴致美。也就是说，必须通过文字营造出感发读者的力量，否则，就难以称诗。在情绪美的基础上，加上感发的维度，自然生出五维的感发美了。这种美感，首先必须在作者心中产生，否则为无源之水、无本之木；然后必须在千万读者心中产生，否则难以流芳百世也！令人肃然起敬的叶嘉莹先生，为挖掘、继承、传播和发扬中华诗歌的这种源远流长的感发美，奋斗了一辈子！

窃以为，以上四美俱，至少二者并，可以称诗也。以下就是引用本书诸位前辈学人的不懈探索，即证之！

1. 胡适先生曰：“押韵乃是音节上最不重要的一件事。至于句中的平仄，也不重要。”据此，我以为，新诗与旧诗才有建立统一诗论的基础。又曰：“诗的音节全靠两个重要分子：一是语气的自然节奏，二是每句内部所用字的自然和谐，至于句末的韵脚，句中的平仄，都是不重要的事。”某心有同感，简直太对了啊！我平素对胡适先生的学问了解不多，因此敬意不崇。但一读到此段文字，感知这必是作者的真学问也，好感油然而生！

以上可作为诗歌音乐美的证明。

2. 胡适先生曰：“凡是好诗，都是具体的；越偏向具体的，越有诗意诗味。凡是好诗，都能使我们脑子里发生一种——或许多种——明显逼人的影像。”什么是影像也？窃以为，影像即意境也！

以上可作为诗歌意境美的证明。

3. 俞平伯先生曰：“诗不但是自感，并且还能感人；一方是把自己的心灵，独立自存地表现出来；一方又要把我的心灵，到同时同地，以至于不同时不同地的人类。”

以上可作为诗歌感发美的证明。

4. 康白情先生曰：“在文学上，把情绪的、想象的意境，音乐地、戏剧地写出来，这种的作品就叫作诗。”又曰：“旧诗里音节的表现，专靠音韵平仄清浊等满足感官的东西”，“新诗排除格律，只要自然的音节”。

以上可作为诗歌音乐美与情绪美的证明。

5. 康白情先生曰："戏剧是最能美化宇宙动象的艺术，所以最好的文学必得借镜于戏剧。这本是文学里应有的通德，不过旧诗限于格律，不能写到家，如今新诗和散文携手，自然能写得到家了。"

以上可作为诗歌情绪美的证明。

6. 康先生在论述新诗需自由、含蓄、美感外，强调"最后就是风格要高雅"，并且继续说："要得高雅的作品，先要诗人有高尚的理想，优美的情绪，要得他有高尚的理想，优美的情绪，先要他有高尚的人格，要得他有高尚的人格，先就不可不让他做人格的修养。"

假如"高尚"也是诗歌感发出来的一种情绪，那么以上可作为诗歌感发美与情绪美的证明。

7. 饶孟侃先生曰："我们知道一首诗里根本少不了的成分就是情绪，所以要谈诗，第一句话就得承认情绪在诗里是个先决的问题，到了第二句话才能谈到格律。"他甚至说："情绪与格律的关系在诗里就好像是一件衣服的尺寸大小，颜色深浅，花样新旧，材料粗细和一个人的性情有关系一个样。"

以上可作为诗歌情绪美的证明。

8. 周作人先生曰："感人向善是诗的第二条件。"那么第一条件是什么呢？他曾同一个朋友说过，诗的创造是一个非意识的冲动，几乎是生理上的需要，仿佛是性欲一般。周先生说了句大真话！

假如善就是美，那么以上论述可作为四美的证明。

9. 刘大白先生曰“诗篇是以情绪为生命，以句调为骨架，以辞采为肌肉的”，又认为新诗最重要的内容是“使美妙的情绪波动着，引起读者的美妙的情绪的同样的波动”。

以上可作为诗歌情绪美的证明。

10. 陈梦家先生曰：“我们不怕格律。格律是圈，它使诗更明显、更美。格律在不影响内容的程度上，我们要它，如像画不拒绝合适的金框。金框也有它自己的美，格律便是形式上给予欣赏者的贡献。”

我以为，以上可作为新诗与旧诗关系的最好表述。

11. 陈梦家先生曰：“我们血液中依旧把持住整个中华民族的灵魂；我们并不否认古先多少诗人对于民族贡献的诗篇，到如今还一样感动我们的心。”

我以为，以上论述正好表征了本人意欲建立“统一诗论”的坚强理由。恢复与继承古诗的优秀传统，作为国家民族的非物质遗存，一代又一代地传承与发展下去，是我们这一代承上启下而当之无愧的责任与义务。

12. 陈梦家先生又曰：“总之，我们写诗，只为我们喜爱写。好比是一只燕子在黑暗的天空里飞，她飞，低低地唱……只是那些歌，是她自己喜爱的！她的生命，她的欢喜！”

哈！以上正是本人致力于一卷又一卷《玉笛飞声》写作的唯一理由啊！

13.《望舒诗论》中有几条是很有意思的：

“其一，诗不能借重音乐，它应该去了音乐的成分。”这一条后来被作者自己否定了，可见，诗歌是离不开音乐的。

“其五，诗的韵律不在字的抑扬顿挫上而在诗的情绪的抑扬顿挫上，即在诗情的程度上。”这一条太对了，我理解这是戴先生诗论的最大贡献了。

“其十一，旧的古典的应用是无可反对的，在它给予我们一个新情绪的时候。”这一条有点吝啬了，有前半句就够了。

14. 穆木天先生曰：“真实的诗人，是须在其诗中，表现出他的独特的崇高的情绪。那种独特的情绪，代表着该时代为本质的情绪，而在得以领导该情绪的那种历史的进步性之中越发地卷起波浪，那么，那位诗人则越发地是上乘的诗人。”

以上可作为诗歌情绪美与感发美的证明，因为崇高必须是感发出来的。

15. 金克木先生认为，诗人的语言“要有野蛮，朴素，大胆，粗犷”，要有“新鲜的青春的活力”，要“享受生活而又超脱生活，没入生活而又观照生活”，要“从生活中汲取不竭的泉源”。

我们可爱的金老先生要这么多干吗？我以为，就是要诗歌中有那么一种强烈的感发力量啊！

16. 沈从文先生的诗学观念是：坚持诗的艺术性，以诗情的“真”、诗人的“善”和诗体的“美”为标准评诗。

以上可能是很多人对诗歌艺术的评价标准。

17. 艾青先生认为，存在于诗里的美，是通过诗人的感情所表达出来的、人类向上精神的一种闪烁。这种闪烁犹如飞溅在黑暗里的一些火花，也犹如用凿与斧打击在岩石上所迸射的火花。

这种闪烁与火花，其实就是诗歌感发出来的啊！因此，以上可作为诗歌感发美的证明。

18. 郭沫若先生曰："归根结底，作诗还在做人。你的人格够伟大，你的思想够深刻，你确能代表时代，代表人民……那你一定能够产生得出铸造时代的诗。"

太对了，以上可作为诗歌感发美的证明，只是诗歌感发的力量必须足够伟大与足够深刻，这样的诗歌才能代表时代，代表人民，这样的诗人才能光耀历史，千秋永年。

19. 张秀中先生曰："凡配称为好的诗，那一定是能够强烈地反映出现实生活和歌唱出大众感情的。"

太对了，当今现实社会与人民大众最需要的是什么呢？当然是民主自由啊！各位朋友与学人，不妨到我的《玉笛飞声》里去找寻一番，你们一定能够从诗里感发出强烈的勇气与力量！

20. 臧克家先生曰："只有懂得生活的人才懂得诗，生活对他有多深，诗对他有多深。只有能把握生活的诗人，才能产生有意义有价值的诗。诗人，是生命激流里的漩子，他的心上刻印着悲欢爱憎的记号。生命是流水，他是打头阵的浪；生活就是战斗，他是战线上的一个尖兵。”

以上这段文字本身就是诗歌！读一遍，就能让读者感发出珍惜与把握生命的力量！

21. 何其芳先生曰：“勇敢地航行啊，穿过波浪，穿过风和雾，到群众的海洋里去吧，到未来的新大陆上去吧，不要死死地把自己停泊在诗或文学的港口。”

以上这段文字本身也是诗歌！读一遍，同样能让读者感发出勇敢地生活与奋斗的力量！

22. 闻一多先生，新月派代表诗人，提倡诗歌“三美”：音乐美、绘画美和建筑美。

我以为，闻老的绘画美和建筑美，可以归纳到本文的意境美之中。

23. 闻一多先生有曰：“诗是要对社会负责了，所以我们需要批评。”又曰：“诗是社会的产物，若不是于社会有用的工具，社会是不要它的。”

我非常同意以上观点，诗歌不仅要好看、要美、要有四美，还要好吃、有用、要有大用！

24. 彭燕郊先生曰：“不是永久保持着爱的，不能是诗人。胸中不是汹涌着憎的，也不能是诗人。”

我同样非常赞同以上观点，即诗人必须爱憎分明，是“真”的！

25. 沈宝基先生曰："真正的诗人，总是与最内在的自己或最复杂的万象相对照，而在这由冲突化为和谐的对照中，渐渐散发出纯粹的心韵。"

沈老先生有感而发，发而中节也！

26. 阿城先生引用泰戈尔的话曰："诗总是要选择那些'有生气的'字眼，——就是那些不仅仅作为报告之用的，而能够融化在我们的心中的，不由于市井常用而损坏了它的形式的字眼。"

我想，符合上述条件的字眼，一定是美丽的字眼，四美之中，至少一美具也！

（二）：统一诗论适合涵盖外国作品吗

——读布鲁克斯的《精致的瓮》（郭乙瑶等译）

或曰：霍先生，你意欲构建的所谓“统一诗论”或“五维四美论”，对外国诗歌、特别对现代外国诗歌管用吗？这真是个一针见血的好问题啊，朋友！记得早年务农的母亲曾多次在我耳边嘀咕：“读不完的书，杀不完的猪。”当时一笑置之，现在想起来真有那么可怕。为了回答这个问题，我把千余册诗歌方面的存书翻遍，终于翻出《精致的瓮》来。那么，何以是这本晦涩的文学理论著作呢？

首选，现代外国诗歌，当然主要指英美诗歌，与现代中国诗歌一样，日益枯萎而误入歧途！中国学者称诗歌变成了只能置于案头研究的标本，同样地，西方学者也称诗歌变成了只能贡于博物馆陈列的精致的古董。《精致的瓮》萃取了邓恩的《成圣》、格雷的《墓畔哀歌》、华兹华斯的《不朽颂》、济慈的《希腊古瓮颂》、叶芝的《在学童中间》等十首诗，以专章的篇幅用悖论、反讽、含混、意象等理论视角加以详细解剖分析，从而得出影响甚广的结论：分析一首诗应该以“结构”为本体，而不是以“内容”或“题材”等。这样就十分鲜明地强调了文学批评中文本的独特性与重要性。

那么，如何将布鲁克斯先生的“结构本体论”与某之

“五维四美论”相结合呢？细细研读之下，我发现这简直就是一码事情！

我们就以长长的《墓畔哀歌》的前五小段为例吧：

The curfew tolls the knell of parting day
The lowing herd wind slowly o'er the lea
The plowman homeward plods his weary way
And leaves the world to darkness and to me

Now fades the glimmering landscape on the sight
And all the air a solemn stillness holds
Save where the beetles wheels his droning flight
And drowsy tinklings lull the distant fold

Save that from yonder ivy-mantled tow'r
The moping owl does to the moon complain
Of such as, wand'sring near her secret bow'r
Molest her ancient solitary reign

Beneath those rugged elms, that yew-tree's shade
Where heaves the turf in many a mouldering heap
Each in his narrow cell for ever laid
The rude forefathers of the hamlet sleep

The breezy call of incense-breathing morn
The swallow twitte ring from the straw-built shed

The cock's shrill clarion, or the echoing horn
No more shall rouse them from their lowly bed

其一，音乐美，即美于口也！每一句读起来抑扬顿挫，每一小段 ABAB 式的押韵。

其二，意境美，即美于眼也！就像中国的古典山水诗，每一句就是一幅乡村生活图画，一读就现于眼前，一诵即涌于心间。

其三，情绪美，即美于形也！请看第三小段吧，翻译过来的情绪是这样的：

只听见常春藤披裹的塔顶底下
一只阴郁的猫头鹰向月亮诉苦
怪人家无端走进它秘密的住家
搅扰它这块悠久而僻静的领土

朋友，一读之下，如何？这猫头鹰的情绪感染了你没有啊?!

其四，感发美，即美于兴也！请看第五小段吧，翻译过来的兴致是这样的：

香气四溢的晨风发出轻松呼唤
燕子从茅草棚子里吐出了呢喃
公鸡的尖喇叭与山谷的猎号声
再也唤不醒它们在地下的长眠

朋友，一读之下，感发如何？是否有人生短促或草木一生的感慨啊？

（三）：统一诗论适合涵盖当代中国作品吗

——读《昌耀的诗》

或曰：霍先生，你意欲构建的所谓“统一诗论”或“五维四美论”，对当代中国诗歌管用吗？这也是个一针见血的好问题。

一本由韩作荣先生作序，由人民文学出版社出版，昌耀先生著作的《昌耀的诗》，摆在我的案头已经几年了。在序文中，韩先生称昌先生为“诗人中的诗人”，除了有点惺惺相惜的味道外，不见得有半点不真诚。

但是，在一次次反复捧读均难以下咽时，我只能同样“不见得有半点不真诚”地告诉大家，我不喜欢这样的诗歌！或者，这样的诗歌甚至不能称为诗歌！对不起了，昌耀老乡。

但是，在一次次与诗友朋辈的觥筹交错中，我经常听到昌耀先生的名字以及对他的敬意，是个人的品位错了吗？因此，昌先生的作品一直就摆放在案头，现在可以收入库存了。

我以为，把昌先生的诗歌当散文读，或者，把这种形式的散文当诗读，真是可以探讨的。这分明是一篇又一篇描写西域生活的散文啊，难道不是吗？假如不分行，写得再丰满、具体且连贯些，真是一篇又一篇难得的佳作啊！

是的！比起他分行写的诗歌，我更喜欢他后小半部分不分行写的散文，比如《伤情》系列、《土伯特艺术家的歌舞》等。

果然，在笔者的《跋》文中，我听到了昌先生回响的心声！

（四）：我宁愿相信是翻译的错

——读聂鲁达情诗全集《二十首情诗和一首绝望的歌》（陈黎等译）

坦率地说，这本书折磨了我好几个晚上。竟然产生如下几方面的意向或意象：

一、就像面对一堆干草，怎么也读不出春意来！

二、音韵之美、意境之美、情绪之美、感发之美，无一美具！

三、几次想扔进垃圾桶，但我宁愿相信是翻译的错！

但毕竟，聂兄是1971年诺贝尔文学奖得主，被誉为20世纪最伟大的拉丁美洲诗人。

但是，他"对世界做肉体的吸收"的直觉诗歌，在我辈看来，显得苍白、矫情而轻薄。因此，我宁愿相信是翻译的错！

在这个老先生的诗里，似乎爱情只剩下性欲这点东西。于是，渴望、占有、像野兽般撕裂异性，然后坠入空虚与寂寞，是他唯一反复描写的、碎片式的，甚至歇斯底里的东西。

我相信，对像"女人是什么?""爱情为何物?"这样的问题，聂兄可能真没想明白，他只在为饱和的情感寻找出口。但第 80 首十四行诗引起了我的注意：

亲爱的，我自旅行和忧伤归来
回到你的声音，回到你飞驰于吉他的手
回到以吻扰乱秋天的火
回到回旋天际的夜

我为天下人祈求面包和主权
为前途茫茫的工人，我祈求田地
但愿无人要我歇止热血或歌唱
然而我无法弃绝你的爱，除非死亡到来

就弹一首华尔兹歌咏这宁静的月色吧
一首船歌，在吉他的流水里
直到我的头低垂，入梦

因我已用一生的无眠织就
这树丛中的庇护所——你的手居住、飞扬其间
为睡眠的旅人守夜

我相信，这也是台湾翻译者认为的、聂老最好的作品了。但是，能不能翻译得更好一点呢？能不能至少把中文的音乐美与意境美翻译出来呢？

假我时日，真想重新翻译一下啊！

（五）：要戴着脚镣跳舞才跳得痛快

——读闻一多先生的《诗与批评》

印象中，曾读到过闻老先生把写诗称为“戴着脚镣跳舞”的妙喻。在藏书中几番搜索之下，终于把其《诗与批评》一书找寻了出来。真是妙语连珠啊，朋友！现代所谓的诗人与诗歌研究家不可不读也：

1. “诗之所以能激发情感，完全在它的节奏；节奏便是格律。”

2. “恐怕越有魄力的作家，越是要戴着脚镣跳舞才跳得痛快，跳得好。”

3. “只有不会跳舞的才怪脚镣碍事，只有不会作诗的才感觉得到格律的束缚。”

4. “对于不会作诗的，格律是表现的障碍物；对于一个作家，格律便成了表现的利器。”

5. “从表现上看来，格律可从二方面讲：（一）属于视觉方面的。（二）属于听觉方面的。属于视觉方面的格律有节的匀称，有句的均齐；属于听觉方面的有格式，有音尺，有平仄，有韵脚。”

6. “诗的实力不独包括音乐的美（音节），绘画的美（辞藻），并且还有建筑的美（节的匀称和句的均齐）。”

7. “如果有人要问新诗的特点是什么，我们应该回答他：增加了一种建筑美的可能性是新诗的特点之一。”

8. “我很怀疑诗神所踏入的是不是一条迷途，所以不忍不厉颜正色，唤它赶早回头。这条迷途便是那畸形的滥觞的民众艺术。”这正是我们今天越发明显的感觉啊，所谓的新诗，发展到今天，真是走入了“那畸形的滥觞的民众艺术”之路！难道不是吗？闻老先生真是有先见之明也。

可惜后辈好些个所谓冠冕堂皇的不肖之徒，一方面对写出高雅而优美的篇章无能为力，另一方面又装模作样故弄玄虚，最后自以为穿上了皇帝的新装。

哈，能骗几个时日也，真是造孽啊！

（六）：需要建立一套诗歌美学理论吗

——读李元洛先生的《诗美学》

哈，真是神助也！就在我思考是否真的需要建立一套博大精深的诗歌美学理论，并且狐疑是否有人已经建立了的时候，一本李元洛先生的皇皇巨著《诗美学》从天而降。当然，需要我信守内心的呼唤，一年一次地驱车到上海书城去捞取一下。

下面就好好解构一下李老的诗歌美学体系吧！

序号	李元洛《诗美学》	霍小平《统一诗论》	关联度指数（%）
1	审美主体之美	感发美	100
2	思想美	感发美	100
3	感情美	感发美	100
4	意象美	意境美	100
5	意境美	意境美	100
6	想象美	意境美	100
7	时空美	意境美	100
8	阳刚美与阴柔美	音乐美	100
9	含蓄美	情绪美	100

续表

序号	李元洛 《诗美学》	霍小平 《统一诗论》	关联度指数（%）
10	通感美	音乐美、情绪美、意境美、感发美	100
11	语言美	音乐美	100
12	形式美		0
13	自然美		0
14	中西交融之美		0
15	创作与鉴赏之美	感发美	100

由以上比较可以看出：

1. 李教授精心策划与布局谋篇的十五美，基本上可以纳入笔者承前启后的四美之中。

2. 其中的形式美，基本类似于闻一多先生的建筑美，不为诗所特有。书法、绘画、舞蹈甚至剪纸类手工艺品等更加突出，或者诗歌的形式美要借助其他艺术的形式美才能得以体现。

3. 自然美，同样不为诗所特有，有点牵强附会。

4. 中西交融之美，同样有点强求。

还有一点，就是李教授的十五美，太多太繁又重叠，一般人记不住啊！不如简化为四到五条，或者先树立一个小目标，也许更容易深入人心！

要知道，理论只有掌握在群众手中，才能产生革命的力量啊！

（七）：好诗“绝似梦中芳草”乎

——读扬之水先生的《无计花间住》

扬之水先生这本诗话，无名而有实！因此多年来，一直置于床头案边。现在我竟然也准备写自己的诗话了，再翻阅一二，竟留恋不舍入库。其中有论张炎《南浦·春水》词，读之读之，读出了一己之心得：好诗“绝是梦中芳草”乎？现在，让我们先看看原词吧：

波暖绿粼粼，燕飞来，好是苏堤才晓。鱼没浪痕圆，流红去、翻笑东风难扫。荒桥断浦，柳荫撑出扁舟小。回首池塘青欲遍，绝似梦中芳草。

和云流出空山，甚年年净洗，花香不了。新绿乍生时，孤村路、犹记那回曾到。余情渺渺，茂林觞咏如今悄。前度刘郎归去后，溪上碧桃多少。

好一片妩媚春景啊！“梦中”二字，不唯将诗与词融合得浑然天成，更使清新真切的画面笼罩了一重迷离变幻之色！扬先生如此评价，不失其色，不减其雅也。

我以为，这首词正好体现了诗词的主要创作手法——幻想！这与法国诗人兰波的诗及其手法，有异曲同工之妙！

幻想与情绪，是闻一多先生认为与诗的节奏（音乐性）

同样重要的事。法国另一个重要诗人阿波利奈尔如是说："诗是艺术的想象，瞬息万变的动态或是极其不同的对象引起的零星飘忽的图景。"凝定乃成为诗。

扬先生还有一篇诗话朱彝尊的文章，其中有一首朱先生的词《洞仙歌》：

萧郎归也，又烧灯时节。白马重嘶画桥雪。早青绫幛外，含笑相迎，花枝好、绣上春衫谁襭。

十三行小字，写与临摹，几日看来便无别。排闷偶题诗，玉镜台前，浑不省、窃香人窃。待和了、封题寄还伊，怕密驿沉浮，见时低说。

是词写得生动活泼，如见其人，如闻在耳！然真有其事否？不见得也。诚如扬先生所言："其实真有其事也罢，作'空中语'也罢，词作本身的美丽，方是价值所在。"

而所谓作"空中语"，乃幻想而得之也。陈廷焯读朱词后，评之曰："生香真色，得未曾有。"亦怀疑其通过幻想写作而得之。

可见，好诗好词凭幻想！至少为途径之一也。

（八）：诗歌何能英华弥缛万代永耽

——读刘勰先生的《文心雕龙》

《文心雕龙》非论诗也，但有《明诗》篇，多年以前读之，笔耕之痕犹在，今又反复读之，可见刘老先生笔力之健！

要想在诗坛上留下一席之地，恐怕不是件容易的事。某以为，此非人力所为也，必得天成也！

《明诗》篇事实上就是半部中国诗歌发展史，何以半部也？刘勰先生活跃在南北朝时期之梁，自然写不出下半部了。但是，在中国文学评论史中，其光辉难掩也。

《明诗》篇的结语如下：

赞曰：民生而志，咏歌所含。兴发皇世，风流《二南》。

神理共契，政序相参，英华弥缛，万代永耽。

这几句总结，正是本人此次阅读感兴趣的话题。它提醒我们：什么样的诗歌才能千秋万代流光溢彩啊？答案是：

1. 神理共契。这四个字的意思可能是，诗歌应该遵循自然之道与天地良心，所谓“在心为志，发言为诗”之时与之后，“持人情性”，以致“持之为训”也！这个关键词“持”是什么意思呢？我以为应该是熏陶、培养、规范之意。也就是说，诗歌必须对人有所教益也！

2. 政序相参。这四个字又是什么意思呢？我猜想可能是有助于天下之意。中国儒家的理想是“修身、齐家、治国、平天下”，天下岂是写几首歪诗就可以“平”的?！不妨助之，助之不能，怨之也！

（九）：诗歌何以能教

——读朱子的《诗集传》自序

前篇之（八）中，某理解“神理共契”这四个字富含诗歌必须对人有所教益之义。然诗歌何以能有所教益？某以为，朱子正好在《诗集传》的自序中，对这个问题做出了回答。

朱子曰：“诗者，人心之感物而形于言之余也。心之所感而有邪正，故言之所形有是非。惟圣人在上，则其所感者无不正，而其言皆足以为教。其或感之之杂，而所发不能无可择者，则上之人必思所以自反，而因有以劝惩之，是亦所以为教也。”

很清楚了吧，朋友！也就是说，诗者中，圣人所感者之言可教也！所以，我们说，写诗的人，首先必须是个好人，最好是个圣人，至少也应该是个道德高尚的人，这样的人写出来的作品，才可能是好诗，才可能给人以教益！

这诗歌的道统，真是一脉相承啊！记得民国诸君子论诗，最后也是归结到这一条上，而李元洛先生的皇皇巨著《诗美学》专门开辟出论诗歌主体之美的篇章，可见，心灵不美，写诗还真不行啊！

或问，请具体说说，诗三百何以给人教益呢？孔子对

《诗经》做了“思无邪”的高度概括，朱子在此基础上，认为这正是“是心正、意诚之事也”，从而将《诗经》的经典意义纳入正心、诚意、修身、齐家、治国平天下的理学体系中。看看，《诗经》的教诲能不巨大吗？

（十）：新诗旧诗之别偶得

《序》文中曰，诗分两种，旧诗，新诗。这是谁都知道的基本分类，然而这一新一旧到底有何区别呢？请看一首新诗：

层林尽染

所谓层林尽染，就是
高山，矮山，大山，小山
通通在几场秋风后
各显神通，纷纷变脸——
杏黄，鹅黄，橙黄，金黄
铁青，酡红，丹朱，靛蓝——
醉了无数杏眼，碧瞳，手机，相机
掀起一波又一波哇塞，尖叫，惊叹

也有不肯就范的物种
在翠中守绿，淡中守命
不屑近在咫尺的谁
红得要死或欲爆与燃——

这是发表在 2017 年 1 月上旬《星星·诗歌原创》上的一首诗，作者张新泉。不知诸君发现没有，应该说这是一首不错的好诗，但新诗需要以一首诗的篇幅，调动各种可能的“长枪短炮”，才有可能诗意地描写这一场景。而旧诗，只需要“层林尽染”四个字就已足够！

（十一）：鲁迅为新诗点燃了一座高耸的灯塔

——读鲁迅的《摩罗诗力说》

鲁迅先生的《摩罗诗力说》被认为是“中国诗学现代转型的开端与标志”，是“中国现代诗学的真正起点”。读之，心有同感也，且有更深刻的感受。某以为，鲁迅先生为新诗点燃了一座高耸的灯塔，但新诗却并没有朝着他指引的方向前进，哈！某几方面的感悟如下：

1. “别求新声于异邦”之时，异邦之摩罗诗派，“力足以振人，且语之较有深趣者”，以英国诗人拜伦为榜样，应该是我们努力的方向。这也正是鲁迅先生灯塔所指的方向。

2. 鲁迅先生对诗歌的功能提出了质疑与挑战，其言下之意与公元前4世纪柏拉图提出的质疑与挑战惊人地相似：

柏拉图先生说：“如果哪位懂诗的学者能够证明诗不仅可以给人快感，而且还有助于建立一个合格的政府和有利于公民的身心健康，我将对他的高论洗耳恭听。”而2500多年后的鲁迅先生曰：“凡诗宗词客，能宣彼妙音，传其灵觉，以美善吾人之性情，崇大吾人之思想者，果几何人？”

3. 鲁迅认为，“诗与道德合，即为观念之诚，生命在是，不朽在是”。我认为这是通篇文章最重要的内容。

4. 然道德何在也？鲁迅先生认为，“所谓道德，不外人类普遍观念所形成”。因此，所谓道德，不过是人类历史人文进化形成的普世价值观！而鲁迅在该文中所推崇的诗人们，正是西方各国为了自身民族的自由与发展努力奋斗的诗人们！

因此，鲁迅先生为我们指引的方向，无疑就是希望中国诗人们为了国家未来的利益、为了实现普世价值之自由民主而奋斗的方向。公元前5世纪的古希腊人认为，“诗人不仅可以，而且应该用它伸张正义，针砭时弊，诗是潜在的舆论工具，诗人有责任用它敦促人民为建立一个公正、稳定的生活秩序而努力”！显然这是鲁迅在《摩罗诗力说》一文中，主张推崇的诗歌功能，也正是鲁迅为中国新诗发展所指引的正确方向。

但是，现在我们发现：在当代中国，新诗的发展道路越走越窄，新诗的发展方向越来越偏，偏离了为“建立一个公正、稳定的生活秩序而努力”的正确方向，偏离了“为了实现普世价值之自由民主而奋斗的方向”！

（十二）：诗歌鉴赏五象美论

——读辜正坤先生著《中西诗比较鉴赏与翻译理论》

同样没想到，此书包含了国家社会科学基金项目《诗歌鉴赏五象美与翻译标准系统论》的全部结项成果。

此成果“抓住东方诗歌与西方诗歌传统”，“系统全面地构造出了诗歌美学框架”，“达到了国内的最高水平”，“称得上是自成一家的理论体系”，“颇有理论突破”，“是非常优秀的课题成果”。总之，还认为该成果“填补了此领域的空白”。

那么，何谓辜先生的五象美啊？

第一，视象美。“指诗歌的具体内容借助审美主体的呈象能力——”，读来看去，有点像建筑美一样的论述，夹杂点意境美、情绪美与感发美。

第二，音象美。这其实就是音乐美了。

第三，义象美。看来读去，有点像意境美与情绪美的混合物。

第四，事象美。读来读去，有点小小的感发美的味道。

第五，味象美。看来看去，有点大大的感发美的味道。

哈，我期期以为，辜先生真没有必要如此煞费苦心地搞这么一套五象美理论啊！

我以为，真正的诗歌，应该是用我们耳熟能详的文字谱写出的能经受住时间检验、最终能被人们耳熟能详的诗歌！而真正的诗歌理论，同样应该是用我们耳熟能详的词汇谱写出能经受住时间检验、最终能被人们耳熟能详的诗歌理论！

在这里——
显然——
辜先生矫情了
甚至误人歧途了

中国国家社会科学基金项目
批准号：94BWW002
泥牛入海
当然、一定会被束之高阁

我进一步感发：
我们现代中国人
需要什么样的诗歌以及诗歌理论
应该是人民说了算！

或者说，时间说了算
子孙后代说了算
诗歌本身说了算
当然、最终一定是读者说了算！

（十三）：中国诗歌之气之风之骨

——读钟嵘先生著《诗品》

钟嵘先生之《诗品》，乃是中国文学批评史上第一部评诗的专著。这点常识，我当然知道，而且十年前就拜读过，但是现在轮到我写批评文章，不得不再重新拜读一下，否则大不敬也。

第三遍读罢，某终于明白了该书几方面的意思：

其一，主张"吟咏性情"。这是就诗歌表现内容而言的，钟先生主张以心物相感之感发美，作为诗歌的主要内容。为了坚持这一观点，他甚至认为"理过其辞，淡乎寡味"，也就是说，不屑于平淡说理的诗；他甚至反对用典，反对声病格律的严格拘束。当其时也，是需要有点勇气的。

其二，主张"风力"与"丹采"并重。何谓"风力"也，某以为应该是一种从心灵中感发而出的力量。不服的话，读读左思的诗歌，或读读某之《玉笛飞声》第三卷，一定有某种风，吹过你的心灵，让你心头一热：原来诗歌应该是这个样子的啊！那么，何谓"丹采"呢？丹采即文采也，读读曹植的诗，或者不妨再读读某之《玉笛飞声》第五卷，一定不会有辞采堆砌之感。在这里，"风"与"气"与"骨"是差不多一类的诗歌理论用词，其中没有一个字，是我不喜欢的。因此，本文的标题是“之气之风之骨”。大可以希望“气死”那些没“气”没“风”没“骨”之诗歌与诗人。

其三，主张“比兴讽喻”。在这里，我以为比兴是手段与方法，讽喻才是目的与要义。尽管诗歌以涵养性情为主，但哪有诗歌不言事的！除非不食人间烟火。只是诗歌之言事方式与方法以讽刺与禅喻为主。

可叹某些，其实是绝大部分现代诗歌：

1. 可以不用典，尽管用典是需要刻苦学习与用心涵养的。

2. 可以不押韵，尽管押韵是诗歌的本能，需要才情驾驭。

3. 但可以没有“气”、没有“风”、没有“骨”吗，我的朋友？

而《诗品》中，最不能让人信服的是其对诗人品第高下的排序，如陶渊明之列于中品，曹操之列于下品，前者被认为“质直”，后者被认为“古直”。其实，“直”有可能是钟先生自己没有读明白，因此感受不到这二大家之风力！

瑕不掩瑜！此书与刘勰之《文心雕龙》，被认为是我国现存文学批评之开山双璧。从这里出发，某将把中国诗学专著一部部啃下去，直到天荒地老！

（十四）：追求真理还是功利

——读王国维先生著《人间词话》

对于《人间词话》，不论专业还是业余的诗人，都不能不读，且不能不论，何况对于某这样一个既很专业又很业余的真正诗人呢！这可是中国诗词理论研究过程中，一道永远绕不过去的坎啊！正是这道坎，成就了王国维的人生，让我们明白，曾经有这样一个人，打这里走过，留下了他人生温暖的痕迹。

第 N 篇草草读罢，某终于想明白该如何写这个读后感了。

其一，人生当追求真理还是功利？这是个人生的大问题，显然不能在这本小册子中找到答案，但是王国维先生以他有点短促的一生告诉我们：当追求真理啊，因为只有这样，人生才能不朽也！你看，先生以一己之力言传身教，不是做到了有点不朽的味道了吗！那么，王国维先生追求的是什么样的真理呢？诚如陈寅恪先生在王国维的碑文里指出的："先生之著述，或有时而不章。先生之学说，或有时而可商。唯此独立之精神，自由之思想，历千万祀，与天壤而同久，共三光而永光！"这碑文，我感觉同样是写给陈寅恪先生自己的，这可是千百年来，中国知识分子最缺乏而最需要之精神也！

其二，当鱼与熊掌不可兼得之时，舍真理还是舍功利？这要看每个人自己，同样没有标准答案。如果你认为必须“扬名声显父母”，选择功利无可厚非，但要想不朽，恐怕困难了点，“不朽”似乎与“真理”更套近乎些。

其三，假如选择了追求真理，如何才能实现呢？这就需要回到王国维先生所说的“成大事业、大学问”的三境界说了。

尽管大家都非常熟悉，我还是要不厌其烦地在这里重复一下：

第一种境界：“昨夜西风凋碧树，独上高楼，望尽天涯路。”有点登高望远，立志兮兮的味道。

第二种境界：“衣带渐宽终不悔，为伊消得人憔悴。”说的当然是立志以后，得努力奋斗。

第三种境界：“众里寻他千百度，蓦然回首，那人却在，灯火阑珊处。”说的是半生筚路蓝缕，一路打家劫舍，回头一望，成了！

这可是个“立志”“努力”“成功”三部曲的美好传说，误了多少士子之心啊，可惜别无他途！

最后，本人此次阅读之后，认为其中最值得欣赏与难忘的一段文字是：“诗人对于宇宙人生，须入乎其内，又须出乎其外。入乎其内，故能写之；出乎其外，故能观之。”不知某现在所作所为，能否称得上“出乎其外”？

（十五）：意新语工斯为善

——读欧阳修先生著《六一诗话》

诚如欧阳修先生开笔所言，此为“退居汝阳而集以资闲谈也”，当“为晚年最后之笔”。不难看出，一定是先生对诗歌艺术的最后且最高的总结了。

其中“状难写之景如在目前，含不尽之意见于言外”一句，为有宋一代诗论名言也，为作者在与梅尧臣晤谈时梅氏之言论。其实，我以为这句话，正是诗歌感发美的另一种表现形式。

但是，我最欣赏的还是此诗论之前的半段诗论：“诗家虽率意，而造语亦难。若意新语工，得前人所未道者，斯为善也。”浓缩之，就是本文的标题了：意新语工斯为善！可见，诗歌贵在创新也。

除以上画龙点睛的论述外，还有如下两方面可圈可点：

其一，认为“诗句义理虽通，语涉浅俗而可笑者，亦其病也”。说的是，诗歌不能太通俗浅薄，诗歌必为阳春白雪，不能做下里巴人。

其二，认为“诗人贪求好句，而理有不通，亦语病也”。其中提到“苏姑台下寒山寺，夜半钟声到客船”一句，认为

“句则佳也，其如三更不是打钟时”！如此一评，给予后世诗话很大的影响。

此外，书中评论了不少唐、宋诗人的风格特征，如指出韩（愈）诗工于用韵，孟（郊）、贾（岛）有穷愁之音，郑（谷）、周（朴）过于雕琢锻炼，以及梅（尧臣）诗贵深远闲淡与苏（舜钦）诗矜超迈横绝等，各呈异彩，无分优劣，概括得既专业精到，又恢宏大度！

（十六）：在事为诗，事在情先

——读计有功先生著《唐诗纪事》

《唐诗纪事》为宋计有功先生撰写的鸿篇巨制，全书八十一卷，某有幸读得其中第十八卷《李白杜甫》，管中窥豹也。

此书为作者一生心血事业也！老先生毕生搜求有唐一代“三百年间文集、杂说、传记、遗史、碑志、石刻，下至一联一句，传诵口耳，悉搜采缮录，……编次姓氏可纪，近一千一百五十家”！真难能可贵，让人肃然起敬也！

不仅如此，此书还开创了一种新的诗话体例：以人为目，以时为序，每一目列小传、作品、事迹（诗话）等项，将各种资料依项安置，从而形成这部恢宏博大的断代著作。

更重要的是，此书其实告诉我们一个最基本的道理：在事为诗，事在情先！也就是说，诗歌文章必为事而作也，或必缘起某事而作！否则必无病呻吟，无病呻吟之作焉得久传也！

还有一点，此书对后世产生了极大的影响，一是其体例为后人所继承，又相继有了《宋诗纪事》（厉鹗）、《明诗纪事》（陈田）、《清诗纪事》（钱仲联）等；二是其内容在南宋被简约成《全唐诗话》一书，形成了又一种断代诗话的形式，相继出现《全唐诗话续编》《五代诗话》《全宋诗话》等。

此书对李杜等人的溢美之词，本文就不一一累说了。假以时日，再假以天资，本人也想写一本《当代诗话》啊，一笑！

（十七）：死为星辰，致君尧舜

——读张戒先生著《岁寒堂诗话》

真没想到，一天一周一月忙碌下来，最轻松惬意的事情就是坐在电脑前面研读诗话了。看来我是真的老了，不服老还真不行，不服气还真没辙。

今晚研读的是张戒先生的《岁寒堂诗话》。读到杜甫的一首诗：

用为羲和天为成，
用平水土地为厚。
死为星辰终不灭，
致君尧舜焉肯朽。

难道这就是我追求的人生境界吗？冥冥之中的目标是不是太高远了点啊？但我真是没有办法控制自己的欲望，恐是鸿蒙借某之手乎？

张先生此书最典型地反映出宋人致力于重建诗教传统的努力。故《四库全书总目提要》评价此书云："始明言志之义，而终之以无邪之旨，可谓不诡于正者。"清代道光年间的诗论家对此书极为推崇，也是基于这一个“正”字。

重建诗教传统，好大的责任与决心！中国诗歌在破坏与重建之间的摆荡似乎与中国版图在合久必分与分久必合之间的震荡相呼应。而现在，随着大一统的安定与富庶，重建诗教传统的呼声此起彼伏，我数十年如一日的努力，不正是一个很好的证明吗？

回到张先生的诗话，我以为有如下几方面是值得注意的：

其一，张先生认为，“高古之极也，自曹刘死至今一千年，唯子美一人能之”，这是对杜甫一次极为露骨的追捧。

其二，张先生认为，“诗以用事为博，始于颜光禄而极于杜子美。以押韵为工，始于韩退之而极于苏黄”，这是对杜甫的又一次极为露骨的追捧。

其三，张先生认为，“《国风》《离骚》固不论，自汉魏以来，诗妙于子建，成于李杜，而坏于苏黄”，这是对杜甫的再一次极为露骨的追捧。

其四，张先生认为，“杜子美、李太白，才气虽不相上下，而子美独得圣人删诗之本旨，与‘三百五篇’无异，此则太白所无也”。哈！这还不算是对杜甫最后一次极为露骨的追捧，还有其五也！

其五，张先生认为，“夫佐王治邦国者，非斯人而谁可乎”？这其中的“斯人”敢望是别的什么人吗？

哈，我亲爱而敬爱的杜甫先生，就是这样一步步走上诗歌神坛的，千百年来，好像鲜有不服者！

（十八）：诗歌“四高妙说”

——读姜夔先生著《白石道人诗说》

姜夔先生，字尧章，号白石道人，屡试不第，以布衣终老。其词婉约清丽，其人精通音律，为南宋词坛不可或缺的大人物也！依稀记得某在2006年出版的《玉笛飞声》第一卷之《沁园春·故乡》一词中，偷过姜老先生“念桥边红芍，年年知为谁生”中的意象，在此敬表谢意了。

而现在，我们要研究探讨与学习其诗歌“四高妙说”了。

老先生以为，诗有“四种高妙”：一曰理高妙，二曰意高妙，三曰想高妙，四曰自然高妙。并且认为，碍而实通，曰理高妙；出自意外，曰意高妙；写出幽微，如清潭见底，曰想高妙；非奇非怪，剥落文采，知其妙而不知其所以妙，曰自然高妙。

真是高妙啊！殊不知，这个诗歌主张正是黄庭坚诗风（主“工”）与苏轼诗风（主“妙”）的巧妙糅合。但本人以为，仍然可以装入某之统一诗论中。

所谓“四高妙”论者，主要指诗歌的感发美也。要感发出读者的妙悟来，自然离不开其余三美：音乐美、意境美与情绪美！因此是诗歌之“工”与“妙”的结合。

更且，老先生又曰“岁寒知松柏，难处见作者”，强调学养及后天之用功的必要性，进一步提出所谓“沉着痛快，天也；自然学到，其为天一也”的创作主张，实为其身体力行之感而欲言传身教于后也。

（十九）：禅道唯在妙悟，诗道亦然乎？

——读严羽先生著《沧浪诗话》

坦率地说，最先引起我对诗歌理论兴趣的文章，正是严羽老先生的《沧浪诗话》。当然，不是现在以研究家的眼光去审视、欣赏与批评，而是不小心读到如下文字：

“其（诗歌）大概有二：曰优游不迫，曰沉着痛快。”

在以上这一句话里，严老先生把诗歌大概地分成了两类，得到了许多同侪们的赞赏与追捧，当然也包括本人在内。

那么，这两类以外呢？大概不能称好诗，甚至不能称诗了，我想这正是这句话的厉害所在。

当然，《沧浪诗话》远不只是这一个观点，甚至这只是笔者一带而过的表述。在这篇文章里，笔者主要想阐述的是什么呢？

其一，以禅论诗。即认为“禅道唯在妙悟，诗道亦在妙悟”。本人以为，有失偏颇与大方也，而所谓“妙悟”，应该属于感发美一类的东西。当然，严先生抓住了诗歌的核心价值。

其二，“夫学诗者以识为主，入门须正，立志须高”。这句话当然千真万确了，同样地，抓住了诗人的核心价值。

其三，“诗者，吟咏性情也”。这句话当然也是千古名言，但是写到最后，作者的意图却是强调唯“盛唐为法”的！认为盛唐诗人唯在兴趣，从而成就了好的诗句。但是，假如盛唐以下诗人亦有唯在兴趣者，难道就不能写出好的诗歌吗？一如某之《玉笛飞声》！

不管怎样，此书是宋代最负盛名的诗论著作。其下如：元杨士弘的《唐音》、明初高棅的《唐诗品汇》，甚至前后七子的“格调”说，清王士禛的“神韵”说，清袁枚的“性灵”说等均程度不等地取资于本书之论，再加以发挥而成新说。

由此可见，对于一般真正诗歌爱好者与所谓诗人，此书此论，不可不读，也难怪严老先生对某个人的影响了。

可以说，直接影响了某对什么才是诗歌的真正看法。

亲爱的读者朋友，影响到你了吗？

（二十）：好诗流转圆美如弹丸乎

——读刘克庄先生著《江西诗派小序》

“好诗流转圆美如弹丸。”这句诗论名言出自谢玄晖先生，而非刘克庄先生也，之所以作为标题置于眼前，诚怕有所忘却，或被读者诸君轻视。

但这句话与刘克庄先生有何关系呢？关系就在于《江西诗派小序》，是其为吕本中先生《江西诗社宗派图》所载人物做的一番议论也！在这些被议论一番的人物当中，黄庭坚、陈师道据其首要，而吕本中殿后。

正是这个吕本中，提出了诗话界有名的“活法”说。何也？江西诗派以奇峭僻涩为特点，而吕本中则有意用李、苏的舒畅自然补救其弊；江西诗派以杜甫为宗，奉守黄庭坚“无一字无来处”“点铁成金”等诗训，虽有规则可循，但亦极易受其束缚。吕本中的“活法”即“规矩备具而能出于规矩之外，变化不测而亦不背于规矩”，提倡“好诗流转圆美如弹丸”，有意识“以苏济黄”，消除江西诗派末流的生硬造作之弊，为宋诗发展开拓出“流转圆美”的新途径。

但诗文真正得“活法”要旨的，当为南宋杨万里先生了。其论诗观点，散见于其诗话各则：

一、有传承与发扬江西诗派之志。黄庭坚论诗，讲究“以故为新”“以俗为雅”“夺胎换骨”等，已成江西诗派的金科玉律。《诚斋诗话》也说：“有用法家吏文语为诗句者，所谓以俗为雅。”又说：“庾信《月诗》云：‘渡河光不湿。’杜石：‘入河蟾不没。’……《梦李白》云：‘落月满屋梁，犹疑照颜色。’山谷《簟诗》云：‘落日映江波，依稀比颜色。’……此皆用古人句意，以故为新，夺胎换骨。”又说：“诗家用古人语，而不用其意，最为妙法。如山谷《猩猩毛笔》是也。猩猩喜著屐，故用阮孚事。其毛做笔，用之抄书，故用惠施事。二事皆借人事以咏物，初非猩猩毛笔事也……”前后承继之意，痕迹宛然可寻。

二、重视语言艺术，讲究法度和修辞。诗话中多是总结诗律句法的经验之谈。如：“初学诗者，须学古人好语，或两字，或三字……要诵诗之多，择字之精，始乎摘用，久而出自肺腑，纵横出没，用亦可，不用亦可。”注意学习古人成功的“惊人句”，消化吸收，以为己用，最好能达到言简意丰，增强其艺术效果。所以，他大谈“诗有一句至七言而三意者”，又以苏轼《煎茶诗》“活水还将活火烹，自临钓石汲深情”二句为例：“第二句七字而具五意：水清，一也；深处清，二也；石下之水，非有泥土，三也；石乃钓石，非寻常之石，四也；东坡自汲，非遭卒奴，五也。”经过他这么细致的艺术分析，自能体会到佳作语言“有无穷之味”。他又进一步指出，种种诗体的语言句法各有艺术要求。

三、学习江西能脱略形似，而高唱诗“味”。诗话多处言“味”，如：“诗已尽而味方永，乃善之善也。”“学诗者于李杜苏黄诗中，求此等类，诵读沈酣，深得其意味，则落笔自绝矣。”“五言长韵古诗，如白乐天《游悟真寺一百韵》，真绝唱也。五言古诗，句雅淡而味深长者……皆是一唱三叹之声。”这是继承司空图“味外味”说且有所发展，对于严羽《沧浪诗话》“别是一副言语”也有所启发。总之，《诚斋诗话》虽然杂乱，但如《四库总目提要》所称：“万里本以诗名，故所论往往中理。”而本人以为，其所谓“味”者，“活法”也！

以上，我阐述了从谢玄晖先生到吕本中先生，再到杨万里先生的一段诗歌“活法”公案，自然想起一句诗来：“问渠那得清如许？为有源头活水来。”真正的诗歌“活法”，应该在于生活与实践啊，朋友！

其实，本人进一步以为，以上所谓诗歌“活法”，乃为诗歌感发之美也！在此真要感谢刘克庄先生《江西诗派小序》一文给予某以上之“感发”啊！

（二十一）：诗者，乃精神之浮英，造化之秘思乎

——读徐祯卿先生著《谈艺录》

对于什么是诗歌，古往今来有许许多多的论述与定义，但没有一个是可以包罗万象而放之四海的。这不，今天又在徐先生的诗论中读到两条。

其一，“诗者，所以宣元郁之思，光神妙之化者也”。

其二，“诗者乃精神之浮英，造化之秘思也”。

看来，徐先生对诗歌的领悟还真有点尚虚尚玄的味道与倾向。但在这篇文章中，徐先生对中国诗歌发展历史的高度概括与梳理才是最值得称道的。

其一如：“郊庙之词庄以严，戎兵之词壮以肃，朝会之词大以雝，公燕之词乐而则，夫其大义固如斯也。”

其二如：“故古诗三百，可以博其源；遗篇十九，可以约其趣；乐府雄高，可以厉其气；《离骚》深永，可以裨其思。然后法经而植旨，绳古以崇辞，虽或未尽臻其奥，我亦罕见其失也。”

特别值得一提的是，徐先生继陆机《文赋》与刘勰《文心雕龙》之后，对于创作思维过程又一次进行了较为完整的描述：

其一如：“情者，心之精也。情无定位，感触而生，既动于中，必形于心。盖因情以发气，因气以成声，因声而绘词，因词而定韵，此词之源也。”

其二如：“朦胧萌坼，情之来也；汪洋漫衍，情之沛也；连翩络属，情之一也；驰轶步骤，气之达也；简练揣摩，思之约也；颉颃累惯，韵之齐也；混沌贞粹，质之检也；明隽清圆，词之藻也。高才闲拟，濡笔求工，发旨立意，虽旁出多门，未有不由斯户者也。”

应该说，《谈艺录》一文至少是一篇优美的散文，甚至是一篇杰出的骈体文，有点英国培根先生论文布道的味道；其对诗歌的理解与把握是卓越的，这是由于其对诗歌的热情与挚爱是有温度的。

（二十二）：何谓歌行

——读胡应麟先生著《诗薮》

某《玉笛飞声》第三卷最后附了一首五言长诗《人生咏怀》，被评论家们认定为歌行体，我当然只能欣然接受了。但是，亲爱的，到底何谓歌行体啊？我相信，现在终于在胡应麟先生著《诗薮》一书中，找到了比较靠谱的答案。

其实，《诗薮》是中国古典诗论中被引用得最多的著作，它甚至被当作经典与标准。现在某管不得这些了，先看看胡老先生是如何认定歌行体的吧。

其一，“七言古诗，概曰歌行”。但请注意，歌行并非只有七言。

其二，“太白多近歌，少陵多近行”。

其三，“凡诗诸体皆有绳墨，唯歌行出自《离骚》、乐府，故极散漫纵横”。

其四，“阖辟纵横，变幻超忽，疾雷震霆，凄风急雨，歌也；筋脉联络，走月流云，轻车熟路，行也”。

现在我们终于明白什么是歌行体了吧。我不妨来个定义：

所谓歌行体，就是指包括介于太白与少陵之间的一切散漫纵横的诗歌。由此可见，我之《人生咏怀》当然称得上歌行体了。

现在，我们可以来慢慢欣赏与剖析胡老先生的诗论了。

其一，“李、杜二公，诚为劲敌。杜陵沉郁雄深，太白豪逸宕丽”。这是胡老先生被引用得最多的名言了，只要我们谈论李杜诗歌，没有不知道这句话的，否则就不能称专业诗歌评论员了。

其二，“古诗窘于格调，近体束于声律，唯歌行大小短长，错综阖辟，素无定体，故极能发人才思。李、杜之才，不尽于古诗而尽于歌行。孟襄阳辈才短，故歌行无复佳者”。这段话很有意思，希望各位朋友反复读之。

其三，“作诗大要不过二端：体格声调，兴象风神而已”。这句话，可谓胡老先生的中心思想。进一步发展的意义有二：

1. 作者为格调说的集大成者，提出了“体以代变”与“格以代降”的“体格论”思想，即“四言变而《离骚》，《离骚》变而五言，五言变而七言，七言变而律诗，律诗变而绝句，诗之体以代变也。《三百篇》降而《骚》，《骚》降而汉，汉降而魏，魏降而六朝，六朝降而三唐，诗之格以代降也”。这代表了明代主流诗学的主要成就，将格调论以汉魏盛唐为高格的基本观点做出了颇为规范的表述。

2. 所谓“兴象风神，无方可执”，相当于“神韵”二字。认为“古人之作，往往神韵超然，绝去斧凿”，盛唐诗“气象浑成，神韵轩举”等，对清初王士禛创立“神韵说”不无影响。

不过，我以为，所谓“神韵”，兼有音乐美与感发美而已！

（二十三）：如何求诗之工而可传也

——读叶燮先生著《原诗》

终于读到了这篇奇文，不免手舞足蹈一番。因为我相信，这才是中国古典诗论最重要的著作。尽管在琳琅满目与浩如烟海之中，某才阅过半数峰峦，但已经感觉痛快淋漓了，真不负这个春光明媚的“五一”也。人家在爬山，我不也在爬山吗？而且，我已经登顶了！

要而言之吧，如何求诗之工而可传也？

首先，叶老认为，“欲其诗之工而可传，则非就诗以求诗者也”“亦必先有诗之基焉。诗之基，其人之胸襟是也。有胸襟，然后能载其性情智慧，聪明才辨以出，随遇发生，随生即盛”。

然后，如何才能有胸襟呢？“唯理、事、情三语，无处不然。三者得，则胸中通达无碍，出而敷为辞，则夫子所云辞达。达者通也，通乎理，通乎事，通乎情之谓。”

有了胸襟以后呢，就得想办法“穷尽此心之神明”了。叶老认为方法有四：“曰才、曰胆、曰识、曰力”。并且认为，其中“识”最重要，因为“识为体而才为用”，“唯有识则是非明，是非明则取舍定”。也就是说，要以识驭才也！

最后，能不能藏之名山而传诸后世，就“在神明之中”了啊！

我相信，以上这个问题正是叶先生在皇皇《原诗》中首要阐述的问题，但不一定是他想要最后论述的问题，只是被某之慧眼慧心之下，认定是最有价值的论述。

那么，除此以外，叶先生在此书中的其他主旨与要义是什么呢？

其一，认为要“以才驭法”。我认为，这是前述“以识驭才”的继续，否则，写出来的东西最后还是有可能走偏走样。

其二，高举“变”的大旗，反对“格以代降”的说法，认为“唯正有渐衰，故变能启盛”。甚至认为，中国诗歌的发展与流变，“如人适千里者，唐虞之诗如第一步，三代之诗如第二步，彼汉、魏之诗，以渐而及，如第三、第四步耳”。某曾经一段时间也这样以为，但至少现在不是这样子认为了。此中有真意，欲辩待后言也！

（二十四）：何谓“神韵说”

——读王士禛先生著《带经堂诗话》

很遗憾！某在王老先生的《带经堂诗话》中，翻来覆去也没有找到一段有关“神韵说”的标准文字，看来神龙必定见尾不见首乎？

于是，某试图通过网络查阅相关资料，捞取到的收获居然是这样的：第一，王老先生从来就没有认真地给出过一个标准答案。第二，假如你要应对考试，可以参考如下一个标准阐述。

问：试述王士禛“神韵说”的内涵。

答：（1）“神韵说”力图摆脱政治等社会性因素对诗歌艺术的干扰，而更多地注重诗歌本身淡远清新的境界和含蓄蕴藉的语言，从而更加强调诗歌排闲解愁的消遣娱乐功能。

（2）为倡导“神韵说”，王士禛竭力提倡唐代王、孟、韦、柳一派的诗风，他的作品也以描写山水景色和个人情怀为主，其中多为七言绝句。如《江上》《真州绝句·其四》，这类诗都写得古淡自然，清新蕴藉，在如画的风景之外，能够给人以淡淡的遐思和缈想。

（3）“神韵说”忽略诗人的真情实感，还有些虚无缥缈，可意会而难言传，所以让人难以捉摸。这几方面的问题在当时就受到了赵执信和查慎行的注意和纠正。

哈！够神的吧。我也懒得一一分析与梳理了，干脆继续从网上抄一大段吧：

在王士禛之前，虽有许多人谈到过“神韵”，但还没有把它看成是诗歌创作的根本问题，而且在相当长的一段时期内，由于范温论韵之文不传，“神韵”的概念也没有固定的、明确的说法，只是大体上用来指和形似相对立的神似、气韵、风神一类内容。到王士禛，才把“神韵”作为诗歌创作的根本要求提出来。

他早年编选过《神韵集》，有意识地提倡“神韵说”，不过关于神韵说的内涵，也不曾做过专门的论述，只是在许多关于诗文的片断评语中，表述了他的见解。归纳起来，大致可以看到“神韵说”的根本特点，即在诗歌的艺术表现上追求一种空寂超逸、镜花水月、不着形迹的境界。“神韵”为诗中最高境界，王士禛提倡“神韵”，自无可厚非。但并非只有空寂超逸，才有“神韵”。《沧浪诗话·诗辨》：“诗之法有五”；“诗之品有九：曰高、曰古、曰深、曰远、曰长、曰雄浑、曰飘逸、曰悲壮、曰凄婉。……其大概有二：曰优游不迫，曰沉着痛快。诗之极致有一：曰入神。诗而入神，至矣尽矣，蔑以加矣。唯李、杜得之。”可见“神韵”并非诗之逸品所独有，而为各品之好诗所共有。王士禛将“神韵”视为逸品所独具，恰是其偏失之处。

从“神韵”说的要求出发，王士禛对严羽的“以禅喻诗”或借禅喻诗深表赞许，同时更进一步提倡诗要入禅，达到禅家所说的“色相俱空”的境界。他说：“严沧浪（严羽）以禅喻诗，余深契其说；而五言尤为近之。如王（维）、裴（迪）《辋川绝句》，字字入禅。”“唐人五言绝句，往往入禅，有得意忘言之妙，与净名默然，达摩得髓，同一关捩。”还说：“诗禅一致，等无差别。”认为植根于现实的诗的“化境”和以空空为旨归的禅的“悟境”，是毫无区别的。而最好的诗歌，就是“色相俱空”“羚羊挂角，无迹可求”的“逸品”（《带经堂诗话》）。从诗歌反映现实不应太执着于实写这一点讲，他的诗论有一定的合理因素；但从根本上来说，他是以远离现实为旨归的。

从“神韵说”的要求出发，王士禛还一再强调创作过程中“兴会神到”的重要性（即严羽所谓“兴趣”，参见“兴趣说”）。他说：“大抵古人诗画，只取兴会神到。”又说：“古人诗只取兴会超妙。”认为创作是“一时伫兴之言”，是“伫兴而就”的（《带经堂诗话》《渔洋诗话》）。诗歌创作不是理念的产物，当然应该“兴会神到”，有感而发；但一时的“兴会”只有来自于广博深厚的生活阅历，才是有意义的。离开了这些根本条件仅仅强调一时的“兴会神到”，便只可能是无本之木，无源之水，也必将导致艺术远离现实的倾向。

从“神韵说”的要求出发，王士禛还特别强调冲淡、超逸和含蓄、蕴藉的艺术风格。

关于冲淡、超逸，如他曾赞扬孔文谷“诗以达性，然须清远为尚”的主张，于明诗特别推崇以高启等为代表的“古澹一派”，评论诗人标举“逸气”“逸品”（《带经堂诗话》《渔洋诗话》）等。他对司空图的《二十四诗品》，也专门推许其中“冲淡”“自然”“清奇”三品，强调“是三者品之最上”，而根本不提“雄浑”“沉着”“劲健”“豪放”“悲慨”

等品，这就更加发展了《二十四诗品》中注重冲淡、超逸的美学观点。关于含蓄蕴藉，如他反对诗歌“以沉着痛快为极致”，一再强调严羽的“言有尽而意无穷”和司空图的味在“咸酸之外”“不著一字，尽得风流”等，并认为“唐诗主情，故多蕴藉；宋诗主气，故多轻露”（同前）。最明显的是他对几首咏息夫人诗的评论，认为杜牧的“至竟息亡缘底事？可怜金谷坠楼人”是“正言以大义责之”，颇不赞成；认为只有王维的“看花满眼泪，不共楚王言”“更不著判断一语，此盛唐所以为高”。这就更进一步发展了严羽的“不涉理路，不落言铨”的观点。

如上，我本次读后之心得体会，算是完成了。

（二十五）：诗人贵知学，尤贵知道乎

——读赵执信先生著《谈龙录》

读完王士禛，必读赵执信也！何也，二人针锋相对，成就了有清一代，中国诗坛的一大公案也！其辩论要点如下。王士禛先生观点：

1. 提倡“诗以达性，然须清远为尚”的主张。

2. 从神韵说的要求出发，强调冲淡、超逸和含蓄、蕴藉的艺术风格。

3. 推许“冲淡”“自然”“清奇”三品，而根本不提“雄浑”“沈著（沉着）”“劲健”“豪放”“悲慨”等品。重实质。

赵执信先生观点：

1. 认为“诗之为道也，非徒以风流相尚而已”。

2. 主张诗歌要“发乎情，止乎礼义”，当然，这里的礼义主要指真实的感情。

3. 认为“文以意为主，以言语为役，主强而役弱，则无令不从”。也就是说，该豪放悲慨就豪放悲慨也。

其实，通读之下，本人最欣赏的还是“诗人贵知学，尤贵知道”一语。聊发一点感慨吧：

1. 诗无学，犹可称诗也，但不可传也。

2. 诗有道，犹诗有骨也，无骨则不立，焉可传也！

3. 诗之道，亦人之道也，需与时俱进也。

4. 人之道，亦人之良知也，良知者亦须与时俱进也！某以为，当世之自由、民主、平等、法治等价值观，应为普世推广之良知也。

5. 因此，当世之诗人尤贵身体力行自由、民主、平等、法治之大道也。

（二十六）：凡诗之传者，都有性灵乎

——读袁枚先生著《随园诗话》

据说，袁先生之《随园诗话》是毛泽东同志最爱的诗书之一。某于十多年前开始读之，读之又放下，放下又读之，现竟不知初读之本丢到哪里去了。哈！该书现在给我的感觉，是横亘在我眼前一望无际的、可以策马驰骋的原野，诗话的原野！

此书是作者标举“性灵说”的主要著作。其篇幅之浩繁，内容之丰富，让人目不暇接。但是，其中诗论的主要观点，不离“性灵”一说，甚至认为：“凡诗之传者，都有性灵。”真有点失之偏颇啊。其相关论述有：

1. “诗言志，言诗之必本乎性情也。”

2. “诗人者，不失其赤子之心者也。”

3. “人各有性情，陶诗甘，杜诗苦；欧诗多因，杜诗多创。”

4. “凡作诗者，各有身份，亦各有心胸。”

5. “人必先有芬芳悱恻之怀，而后有沉郁顿挫之作。人但知杜少陵每饭不忘君，而不知其于友朋、弟妹、夫妻、儿女之间，何在不一往情深耶？”

6. “诗文自须学力，然用笔构思，全凭天分。”

7. “作史三长：才、学、识，缺一不可。余谓诗亦如此，而识最为先，非识则才与学俱误用矣。”

8. “诗有从天籁来者，有从人巧得者，不可执一以求。”

9. “人有典而不用，犹之有权势而不逞。”

10. 其引用许浑云“吟诗好似成仙骨，骨里无诗莫浪吟”，认为“诗在骨不在格也”。

袁枚为乾隆中后期诗坛领袖，书中对在此之前曾先后主盟诗坛的王士禛“神韵说”与沈德潜“格调说”，均有所批评也！

（二十七）：李杜诗篇万口传，至今已觉不新鲜

——读赵翼先生著《瓯北诗话》

赵翼论诗重“性灵”，主创新，与袁枚接近。他反对明代前、后七子的复古倾向，也不满王士禛、沈德潜的“神韵说”与“格调说”。他说：“力欲争上游，性灵乃其要。”“李杜诗篇万口传，至今已觉不新鲜。江山代有才人出，各领风骚数百年。”其所著《瓯北诗话》，系统地评论了李白、杜甫、韩愈、白居易、苏轼、陆游、元好问、高启、吴伟业、查慎行十家诗，他重视诗家的创新，立论比较全面、允当。赵翼存诗4800多首，以五言古诗最有特色。如《古诗十九首》《闲居读书六首》《杂题八首》《偶得十一首》《后园居诗》等，或嘲讽理学，或隐寓对社会的批评，或阐述一些生活哲理，思想颇为新颖。七古如《将至朗州作》《忧旱》《五人墓》，七律如《过文信国祠同舫庵作》《黄天荡怀古》《赤壁》等，都独具特色，并在造句、对仗方面见出功力。另外，造语浅近流畅，也是一大优点。其诗的缺点，是有时议论过多，过于散文化，形象性较差。赵翼的文学著作有诗集53卷及《瓯北诗话》。赵翼与袁枚、张问陶合称“清代性灵派三大家”。

以上为大家可以在网上迅速查阅到的有关赵翼先生诗论的

经典评述。我花了一个下午的美好时光，捧读之下，总该写点别的什么吧！

1. 赵先生曰：“李、杜诗垂名千古，至今无人不知，然当其时则未也。”可见，“千秋万岁名”，真是“寂寞身后事”啊！尽管如此，他们还是“预知之”的！我是不是也可以预知点什么呢？假如我真的做到了“为往圣继绝学”，终有得以“牵马随曙氛”的一天啊！

2. 赵先生曰：“士当穷困时，急于求进，干谒贵人，固所不免。”我认为，赵先生在这里说了句大实话，其实，“安能摧眉折腰事权贵，使我不得开心颜”之类的豪言壮语，恐怕往往是在求之不得之后，突然发现自我价值的事情了！

3. 赵先生曰：“陆放翁诗凡三变。宗派本出于杜，中年以后，则益自出机杼，尽其才而后止。”我对此非常感兴趣，有哪三变耶？

其初境也，“数仞李杜墙，常恨欠领会。元白才倚门，温李真自郐”。可见其用心之正也。

其中境也，“天机云锦用在我，剪裁妙处非刀尺。世间才杰固不乏，秋毫未合天地隔”。可见其得心应手也。

其晚境也，所谓“诗到无人爱处工”者，将从前求工见好之意尽力消除，唯留平淡而真实也。

从以上这一点，我们还可以看出，诗歌为人生履历之写照也，概莫能外乎，概莫能外也！

（二十八）：风骨之外，尚有肌理乎

——读翁方纲先生著《石洲诗话》

翁方纲的“肌理说”实际上是王士禛“神韵说”和沈德潜“格调说”的调和与修正。他用肌理给神韵、格调以新的解释，目的在于使复古诗论重整旗鼓，与袁枚的“性灵说”相抗衡。

中国清代翁方纲提出的诗论主张，主张“为学必依考证为准，为诗必以肌理为准”。“肌理”二字源于杜甫《丽人行》“肌理细腻骨肉匀”之句。肌理本来是指肌肉的纹理，翁方纲借用肌理论诗，理是指义理和文理。义理为“言有物”，指以六经为代表的合乎儒家规范的思想和学问；文理为“言有序”，指诗律、结构、章法等作诗之法。义理为本，通变于法，以考据、训诂增强诗歌的内容，融辞章、义理、考据为一体。翁方纲以学问为诗，用韵语做考据，遭到袁枚“错把抄书当作诗”（《仿元遗山论诗绝句》）的批评。

“肌理说”与“神韵说”“格调说”“性灵说”为清代前期诗歌理论的四大流派。

翁方纲“肌理说”的内涵是什么？

答：（1）翁方纲认为“神韵说”的问题在于空泛，“格调说”的毛病则在于食古不化，所以他提出“肌理说”对二者加以匡正。

（2）翁方纲的“肌理说”实际上就是要求以学问为根底，以考证来充实诗歌内容，仗义理和文理统一。所谓“肌理”，包括以儒家经典为基础的义理和结构辞章方面的文理。正如翁方纲在《志言集序》中所说：“义理之理，即文理之理，即肌理之理也。”

（3）翁方纲本人的许多诗歌就是把经史、金石的考据论证写进诗歌，以炫耀学问，显示肌理所在，以为这就是宋诗的正宗。

（4）“肌理说”实际上是一种以学术代替文学的诗歌歧路，翁方纲学的不是宋诗的精华，而是其流弊。

在“诗法”上，翁方纲主张求儒复古的旗号，他割裂引用杜甫诗句“法自儒家有”，解释为“大而始终条理，细而一字之虚实单双，一音之低昂尺黍，其前后接笋，乘承转换，开合正变，必求诸古人也”（《诗法论》）。翁方纲的复古，不是尊唐，而是崇宋，特别推崇江西诗派的黄庭坚。他认为，“宋诗妙境在实处”（《石洲诗话》卷四），片面强调诗歌的考证作用和史学价值，把诗与“经术”、史料混为一谈。所谓：“史家文苑接儒林，上下分明鉴古今。一代辞章配经术，不然何处觅元音？”（《书空同集后十六首》）这是一种模糊文学特征的主张。

翁方纲以藏书富而闻名。他居于京师前门外保安寺街，家中图书文籍，插架琳琅。藏书楼有“小蓬莱阁”“赐书楼”，乾隆三十三年（1768 年）因购得来自河南宋氏藏书的苏东坡手迹《嵩阳帖》、宋嘉定六年淮东仓曹刻本《施顾注苏诗》，遂将书楼改名“宝苏斋”。此后每年十二月十九日，即苏东坡生日这一天，他都会请很多名士到家里共同祭奠这部书，在书上写跋语和题记，称为“祭苏会”，一直到民国罗振玉还在祭奠。另有“三万卷斋”“三汉画斋”“石墨楼”等，均是他收藏图书、文物之所。其《自题三万卷诗》云：“笑论插架邺侯签，已愧湖州目录兼。”“汉碑草草传洪迈，宋椠寥寥拜子瞻。”藏书印有“苏斋墨缘”“苏斋真鉴”“秘阁校理”“内阁学士内阁侍读学士翰林侍读学士”“石默书楼”“三任广东学政”“大兴翁氏石默书楼珍藏图书”“恩加二品重宴琼林”“小蓬莱阁”“覃溪审定”“子孙宝之”“北平翁方纲审定真迹”等。金石学著作有《两汉金石记》，剖析毫芒，参以《说文》正义，考证精确。所作诗文，自诸经注疏，以及史传、考订、金石、文字，皆贯彻于诗文中。后人称他能“以学为师”。著有《苏诗补注》《米元年谱》《石洲诗话》《汉石经残字考》《兰亭考》《粤东金石略》《经义考补正》《小石帆亭著录》《复初斋全集》《礼经目次》等。

以上均为某在网上迅速查阅到的有关翁先生诗论的经典评述与藏书故事。我花了一刻钟的美好时光，捧读之下，别的就不用写了吧！

（二十九）：诗者，天地之心，民之性情也

——读刘熙载先生著《艺概》

在中国古典诗论中，我感觉《艺概》也是被旁征博引得最多的文论之一。这不，其《诗概》第一条：“诗者，天地之心，民之性情也。”就被我引用作为标题了，尽管刘老先生也是旁征博引来的。

初读之下，本书可圈可点的地方还真是蛮多的。其论李杜的文字太多而有点肉麻了，但如下二段还是引起了我的强烈兴趣。

1. 太白与少陵同一志在经世，而太白诗中多出世语者，有为言之也。屈子《远游》曰：“悲时俗之迫厄兮，愿轻举而远游。”使疑太白诚欲出世，亦将疑屈子诚欲轻举耶？

2. 杜陵五七古叙事，节次波澜，离合断续，从《史记》得来，而苍茫雄直之气，亦逼近之。毕仲游但谓杜甫似司马迁，而不系一辞，正欲使人自得耳。

除此以外，还有如下几句是值得称道的：

3. 诗品出人品。人品悃款朴忠者最上，超然高举，诛茅力耕者次之，送往劳来，从俗富贵者无讥焉。

哈，我感觉本人定为悃款朴忠者！

4. 长篇以叙事，短篇以写意，七言以浩歌，五言以穆诵。此皆题实兴之，非人所能兴。

以上寥寥数语，几乎道尽了古典诗词的主要美学性质。

5. 太白长于风，少陵长于骨，昌黎长于质，东坡长于趣。

以上论述精准，字字珠玑也。虽未必都由其始发，却较前人更为精妙简约。

最后，本人要感谢当世之张寅彭先生，本篇之（十三）到之（二十九）的主要参考书是其选辑的《中国诗学专著选读》一书，一直置于案头显要位置，现在可以送往西山藏耕楼某一清凉角落了。在此，本人再次表示衷心感谢啊！

不知张老先生仍健在否，也不知张老先生能否收到我的小小心愿。假如未来某一天，也有一个不知天高地厚的小子，在读到我的某卷某篇或某段文字之后，发出由衷的谢意，我也是可以含笑一回的啊。

跋：近体诗声律简单规则

本辑以“我们还需要格律吗”设问开始，在此结束之际，总该对这个问题有所回答吧。

我以为，尽管诗分两种——旧诗，新诗；尽管新诗区别于旧诗，不是依靠传统的格律，而是通过语言的节奏来获得其诗意，但是，存在于新诗与旧诗之间，并且高高超乎其上的近体诗，是我们必须学习、传承与发展的。心中有座喜马拉雅山，尽管一时爬不上去，至少也是一道美丽的风景，不必、也不可能移走它。

作为跋，某总结了中国近体诗声律简单规则“四句半”，与各位分享，规则如下：

句内平仄交错

奇偶平仄对立

偶奇平仄相粘

——

奇仄偶韵自由吟

第一句：句内平仄交错，即平声与仄声在一句之中交错安排。

第二句：奇偶平仄对立，即奇数句与偶数句在第二、四、六字节上互为犄角，守望相助。比如下面一首诗：

山光水色弄春晖，
莫为轻阴便拟归。
纵使晴明无雨色，
入云深处亦沾衣。

前两句第二、四、六字节为“平仄平”，对立于“仄平仄”，后两句是“仄平仄”，对立于“平仄平”。

第三句：偶奇平仄相粘，即偶数句与奇数句在第二、四、六字节上平仄相同。同样以上面这首诗为例，第二句与第三句的第二、四、六字节均为“仄平仄”。

半句：——，稍事休息一下啊，朋友，自问看懂了吗？

第四句：奇仄偶韵自由吟，即奇数句句末可以不押韵，但最好用“仄”声，偶数句句末必须押韵，且一般用“平声”。还有半点，即首句，可押韵，亦可不押韵。

以上“四句半”简单规则，不难掌握吧？假如真正做到了，写两首近体诗不难也！

是为跋！

第二辑

百年新诗的流变与遗恨

序：化遗恨为力量

我常常自问，也问朋友：中国诗歌怎么会变成今天这个样子？喜也？悲也？对也？错也？名正言顺也？还是莫衷一是也？

于是，就有了这样一个命题：百年新诗的流变与遗恨。

流变吧，好说！毕竟，百年来的诗歌诗体确实是在变化之中的。从诗界革命到诗体解放，从新月派到象征派，再到七月派、九叶诗派，直达过去了的朦胧诗与某今天之清犀派，可以感觉到诗体真正的变化与流动。

遗恨吧，就不好说了！因为这涉及主体：是谁在觉得遗恨啊？有什么好遗恨的啊？为什么是遗恨而不是遗憾啊？难道还有补救的办法不成？等等。某以为，现在最重要的是，接受美好而残酷的现实，化遗恨为力量，继续前进。

现在，箭在弦上，不得不发了！

发就发吧，不小心发了几支，居然了有心得。哈，这不，我暂且提议三点诗歌主张：

1. 不论新诗旧诗，必须朗朗上口。

2. 要想朗朗上口，必须复兴古典。

3. 如何复兴古典，必须推陈出新。

当然，我们也可以走新诗旧诗并举的道路。而事实上，这并举之路恐怕是不以某个组织或某个个体的意志为转移的。是为序。

（一）：呼唤 21 世纪之诗王

梁启超先生在《夏威夷游记》中是这样写的：

欲为诗界之哥伦布、玛赛郎，不可不备三长：第一要新意境，第二要新语句，而又须以古人之风格入之，然后成其为诗。不然，如移木星、金星之动物以实美洲，魁伟则魁伟矣，其如不类何。若三者具备，则可以为二十世纪支那之诗王矣。

于是，从这篇游记开始，中国诗坛就一直在呼唤与期待 20 世纪之诗王。梁先生之三个必备条件：新意境、新语句、古风格！

一百多年过去，现在已经进入 21 世纪了，诗王却千呼万唤不出来，到了现在，该是呼唤 21 世纪之诗王的时候了。

——哈！难道时无英雄，天命所归乎?!

——回过头来，我们不难看出，梁先生的主张是“旧风格含新意境”，即旧瓶装新酒也。黄遵宪先生是这一理论主张的积极探索者，并且强调“诗之外有事”与“诗之中有人”。假如以梁先生与黄先生的标准衡量之，某之《玉笛飞声》第五卷，正好满足这些要求啊！

那么，一百多年以后，某又是如何看待诗坛这个大是大非问题的呢？在这里，某不妨清晰而坚定地以为：不管新诗旧诗，不论新瓶旧瓶，要想成为21世纪之诗王，其诗就必须具备如下三个新条件：

1. 朗朗上口，即可读也！

2. 源远流长，即可传也！

3. 体现时代精神，即与时俱进，不废长江万古流也！

各位读者朋友，以上述三个新标准衡量之，孤光自照，或者普天同照，有没有发现21世纪之诗王啊？一笑！

（二）：诗体是解放还是尸解

我们现在知道，“诗界革命”的创作主导倾向还是使用文言和旧诗形式的，这就限制了诗歌体式由古典型向现代型的转变。五四新诗运动就是在这个基础上起步，提出了“诗体解放”的核心观念，从而从根本上改变了中国诗歌面貌，促使中国现代新诗诞生，并推动现代诗体的成长与成形的。

其中最起劲、最卖力的当然是胡适先生了。

但是，结果如何呢？诗体到底是解放了，还是被尸解了？这里的“尸解”二字，并不玄乎，乃道家用语，死亡的意思，应该是指不太痛苦的，甚至自觉自愿的死亡，正好用在中国古体诗词上。

然而，树欲静，而风不止！

诗歌是越来越容易写了，甚至被认为只要会打回车键，就可以了！曾经高雅一时而风光无限的诗歌，在不知不觉中，失去了贵族般的内容与形式，还是诗歌吗？

随着时代的发展与进步，这些依靠回车键写出来的东西，越来越不被人民群众所接受、记诵、欣赏！

于是，人们自发地回到唐诗宋词里去，回到《诗经》《离骚》中去！尽管人人都可以写着玩，但真正用来言传身教的，还是那些古典诗词歌赋啊!

每一个时代的复兴，必然伴随文化与文艺的复古运动，就像饱暖思淫欲一样。我是研究过了，现在正当其时也!

（三）：自由诗的危险

中国现代自由诗诞生在五四运动初期，但相应的现代格律诗，却要到20世纪20年代中期新韵律运动中才真正诞生。陆志韦先生是新韵律运动扛大旗者，他在1923年出版的诗集《渡河》中说：

自由诗有一极大的危险，就是丧失节奏的本意。节奏不外乎音之强弱一往一来，有规定的时序。文学而没有节奏，必不是好诗。诗的美必须超乎寻常语言之上，必经一番锻炼的功夫。节奏是最便利、最易表达的锻炼。节奏的来历有迟有速，有时像现成的，有时必须竭力经营。

陆先生的格律主张是“节奏千万不能少”和“押韵不是可怕的罪恶”。某认为，从节奏的角度来要求诗歌，是诗歌之所以称其为诗歌的最低要求与最后堡垒了！同时，某进一步认为，即便是新诗，押韵也是必不可少的手段，否则何以朗朗上口？押点韵岂不是变成罪恶了！

为了避免自由诗失去诗意、最终失去自我的危险，先辈们一直在做出种种新的尝试与努力。其中有两位老先生的努力是不能忘记的。

其一是闻一多先生，他提出了“音尺”的概念，代表作

《死水》，标志着现代诗歌新的进展，对当时和以后的现代诗创作产生了巨大的影响。

其二是孙大雨先生，提出的“音组”概念，奠定了新格律诗体形式的基础。代表作《自己的写照》，是我国现代诗史上最早的格律体抒情长诗。他的主张与实践，为大多数诗人所接受采纳。

但是，到了今天，这种危险越来越明显且严重了，现代许多写诗的人，不仅抛弃了平仄韵律，也抛弃了音尺音组！

（四）：新月派安在

关于新月派的标准解释是这样的：它是中国现代新诗史上一个重要的诗歌流派，该诗派大体上以 1927 年为界分为前后两个时期。前期自 1926 年春始，以北京的《晨报副刊 · 诗镌》为阵地，主要成员有闻一多、徐志摩、朱湘、饶孟侃、孙大雨、刘梦苇等。他们不满于“五四”以后“自由诗人”忽视诗艺的作风，提倡新格律诗，主张“理性节制情感”，反对滥情主义和诗的散文化倾向，从理论到实践对新诗的格律化进行了认真的探索。闻一多在《诗的格律》中提出了著名的“三美”主张，即“音乐美、绘画美、建筑美”。因此新月派又被称为“新格律诗派”。新月派改变了早期新诗创作过于散文化的格局，也使新诗进入了自觉创造的时期。1927 年春，胡适、徐志摩、闻一多、梁实秋等人创办新月书店，次年又创办《新月》月刊，新月派的主要活动转移到上海，这是后期新月派。它以《新月》月刊和 1930 年创刊的《诗刊》季刊为主要阵地，新加入成员有陈梦家、方玮德、卞之琳等。后期新月派提出了“健康”“尊严”的原则，坚持的仍是超功利的、自我表现的、贵族化的“纯诗”的立场，讲求“本质的醇正、技巧的周密和格律的谨严”，但诗的艺术表现、抒情方式与现代派趋近。

参加新月派活动的人并不承认他们有“派”。他们说，他们每个人都有自己的人生理想和艺术趣味，他们有的信奉浪漫主义，有的信奉唯美主义，有的信奉白壁德的新人文主义。他们的专业兴趣也各不相同。他们声言，把“派”这顶帽子戴在他们头上，就把他们和社会下层的“青洪帮”那样的黑社会团体视为同道了。他们说，狮子老虎历来是独来独往的，只有狼和狗才喜欢成群结队。其实人们称他们为“派”，并非指他们“结党 ”，而是指他们在诗歌艺术和美学思想上的一致性。

新月派对新诗格律的强调，是对“五四”以来诗的散文化的“反动”，对现代汉语新诗走向成熟功不可没。新月诗派诗人陈梦家于 1931 年出版《新月诗选》，选了新月主要诗人较重要的诗作，基本上可以反映该派的诗学主张和艺术趣味。新月派对整个新诗的发展，有着深远的影响，有的诗人如卞之琳，在后来的诗作中，很好地继承了“新诗的格律”这一创作“信条”。这种情况在许多新月诗人那里或多或少有所体现，包括一些诗人如何其芳、臧克家、孙大雨等，或一直坚持“新月之路”，或诗风有所转向等，从他们的诗作整体看，新月的影响是明显的。读新月派的诗，我们既要把它看成一个相对封闭、相对完整的诗歌流派，又要开放地看到它对一个诗人一生创作乃至整个新诗史的影响。

从以上论述，我们可以看出，新月诗人认真且积极努力过，我们现在仍能在几乎每一个书店读到他们的作品。

而现在，新月诗人安在?

为何就失去了传承与发扬了呢?

一个原因是，他们仍然想让后辈们“戴着镣铐跳舞”，而不肖的后代子孙啊，竟不想再受一星半点儿的约束!

殊不知，无拘无束之时，也就是无诗无歌之日!

（五）：象征派可好

这是20世纪二三十年代新诗创作中的一个流派，源于19世纪末在法国兴起的象征主义。1857年发表诗集《恶之花》的诗人波德莱尔被认为是象征派文学的先驱。1886年，让·莫雷亚斯在巴黎《费加罗报》上发表《象征主义宣言》，第一次提出“象征主义”的名称。象征派艺术的哲学基础是主观唯心主义。在题材上，它表现了世纪末一部分知识分子颓废的思想感情和对于病态的“心灵与官能的狂热”的追求。

在艺术方法上，它发展了神秘主义哲学家提出的“对应论”的观点，把自然万物视为可以向人们发出各种信息的“象征的森林”，强调通过暗示、烘托、对比、联想等手段来传达诗人内心的微妙世界。

象征派对于新诗创作有明显的影响。有人认为新文学初期有些白话诗是“用西洋 Symbolism 的方法”写的（记者《书报介绍〈新青年〉杂志》，《新潮》1卷2号）。曾留学法国的李金发的《微雨》（1925）等诗集，是中国最早出现的象征主义新诗。他用欧化的句法和晦涩的语言表现颓废朦胧的思想和情调，被朱自清称为“把法国象征派诗人的手法第一个介绍到中国诗里的诗人”。此后取法于法国象征派诗而进行新诗创作的，还有王独清、穆木天、冯乃超、戴望舒、姚蓬子等人。

20世纪30年代《现代》杂志发表的许多作品，也明显受西方象征派诗的影响。

李金发的象征主义诗歌作品，大都歌咏爱情、礼赞自然、描摹异国风情。一方面固然传达了诗人内心的苦闷、惆怅，表达了现实与理想的矛盾冲突；另一方面，也相当真实地反映了处于历史剧变中的中国社会现实给予部分知识青年的负面影响。他们的感伤与苦闷，追求与幻灭，不无现实意义。李金发的独特之处在于，他在表现这种思想与情绪时，大量采用了法国象征“三杰”魏尔仑、兰波、马拉美的艺术技巧，以意象营构为中心，以象征、暗示为基本手法，以奇特的观念联络，将跳跃、空间的词语组合，曲折有致地加以表达。

李金发的象征诗以深沉低哀的情调吟唱出了那一时代部分青年内心的苦涩，折射地控诉了造成这种苦闷忧郁的时代，并且他“拿来”异国的诗歌种类，丰富了我国新诗的园地。但毋庸讳言，李金发的诗中带有逃避现实颓废绝望的情绪，是有一定消极影响的。另外，过于欧化的句法和文白夹杂的语言以及他诗中的某些代词指代不明，一些意象的象征意义也难以解读等，都说明了李金发诗在艺术上的缺陷。

尽管《弃妇》是象征派诗歌最具代表性的作品，但时至今日，象征派诗歌并没有像“弃妇”一样被时代与潮流抛弃，而是作为一种艺术形式与元素，融入了现代诗歌之中。

其实，象征派古已有之！屈原《离骚》之香草美女，就早早地开启了象征派诗歌的先河。诗歌是最离不开象征的艺术，假如某一日，举办一场象征主义与非象征主义诗歌大赛，评委们一定会焦头烂额！请注意，在这里，“焦头烂额”四个字，也是极具象征意义的。

（六）：九叶诗派飘落何方

九叶诗派，又称九叶诗人，是抗战后期和解放战争时期的一个具有现代主义倾向的诗歌流派，在新诗写作中追求现实与艺术、感性与理性之间的平衡美。

九位诗人分别为杭约赫（曹辛之）、辛笛（王馨迪）、陈敬容、郑敏、唐祈、唐湜、杜运燮、穆旦（查良铮）和袁可嘉。他们于1981年出版了《九叶集》，因此被称为九叶诗人。

在艺术上，他们自觉追求现实主义与现代派的结合，注重在诗歌里营造新颖奇特的意象和境界。他们承接了中国新诗现代主义的传统，为新诗的发展做出了贡献。

在内容上，九叶诗派的诗歌既具有强烈的现实感甚至政治内容，又富于超越性的形而上沉思。同时，九叶诗人也追求冷静隽永的诗风，以饱含朴素而深邃的哲理赋予诗歌理性的光芒，给人以启迪。在艺术表现上，九叶诗派既具有丰富的感觉意象，又表现出鲜明的知性特征。语言清晰准确，而诗意朦胧含蓄。九叶派诗歌的出现，使中国新诗中现代主义诗歌之流进入了一个总体成熟的阶段，大胆地借鉴西方现代诗歌的同时进行大胆消化和创新，则是他们成功的内在机制。

九叶诗派在诗歌艺术表现手法上追求“新诗戏剧化”。在中国新诗坛，闻一多、卞之琳等最早尝试新诗戏剧化，采用“戏剧化处境”和“戏剧化台词”来营造诗的意境。九叶诗人从他们那里得到启示，从西方现代派那里获得理论依据，从而发展起各种戏剧化手法：戏剧性结构、戏剧性情境、戏剧性独白或对白等，丰富了诗歌的表现手法。杭约赫的《复仇的土地》把自己的仇恨和期望渗透在戏剧性情节中，使诗更具客观真实性。穆旦的《在寒冷的腊月里》以独白与对白交错的方式，展现了北方农民在重压下的苦难生活。穆旦的《诗八首》是一组有着精巧的内在结构，而又具有深刻的哲理内涵的情诗。全诗以“你”“我”和“上帝”的冲突推动着爱情和生命过程的发展为线索，展开各种矛盾斗争，构成张弛有度的内在节奏和浑然一体的戏剧性情境。

某以为，九叶派诗人企图打通中国诗歌与西方诗歌（史诗与戏剧）的通道，或者企图借鉴西方诗歌的表现手法，实现中文诗歌的华丽转身，用心是良苦的，但其尝试是刻苦的！

但是，在泥沙俱下的现代诗歌乱流的裹挟之下，其命运也真如一片片无足轻重的树叶，只能在随波逐流之后，漂转泥塘了。

但是，到了今天，我依然怀着某种敬畏的心情，向九叶诗人们投以崇敬的目光。我知道，他们奋斗过，探索过，他们了不起地做到了我一直想做而未能实践的事情，所以敬畏；他们的影响仍将继续，好像还有最后一片叶子（郑敏先生）仍然在继续创作与奋斗，所以崇敬。

但是，在中国诗坛一直缺乏正确指导思想的大氛围之下，他们是越来越飘远而依稀微茫了；而今天，中国诗歌在文化复兴的浪潮到来之际，首先复兴的一定且只能是古典诗词！

所以，暂且再见了，老朋友！

（七）：闻一多的诗

比起闻一多的诗，闻一多的死更具价值与意义！我们先看看网上是如何记载的：

1946 年 7 月 11 日，民盟负责人、著名社会教育家、当年救国会七君子之一的李公朴，在昆明被国民党特务暗杀。闻一多当即通电全国，控诉反动派的罪行。他为《学生报》的《李公朴先生死难专号》题词：“反动派！你看见一个倒下去，可也看得见千百个继起来！”

1946 年 7 月 15 日，在云南大学举行的李公朴追悼大会上，主持人为了他的安全，没有安排他发言。但他毫无畏惧，拍案而起，慷慨激昂地发表了《最后一次演讲》，痛斥国民党特务，并握拳宣誓说：“我们有这个信心：人民的力量是要胜利的，真理是永远存在的”，“我们不怕死，我们有牺牲精神，我们随时准备像李先生一样，前脚跨出大门，后脚就不准备再跨进大门！”下午，他主持《民主周刊》社的记者招待会，进一步揭露暗杀事件的真相。散会后，闻一多在返家途中，突遭国民党特务伏击，身中十余弹，不幸遇难。

真是生得光荣，死得伟大啊！这是他用生命写成的绝唱。

再回头看看闻老先生的心路历程，我们不难惊喜地发现：

他竟是一步步从唯美主义、象征主义走向寻求诗歌终极意义的阿诺德主义，并且最终用鲜血和生命实践他的人生追求的！

那么，什么是阿诺德主义呢？阿诺德是英国维多利亚时代著名的文学批评家，他认为“诗是生活的批评”，从而肯定了诗的道德意义和教育意义，否定了歪曲生活与唯美主义的诗。阿先生还在其《诗歌研究》中认为，诗的内容必须具有真实性与严肃性。

某认为，阿诺德先生的观点与严羽老先生的观点是相通的，不真实与严肃的诗，何以“沉着痛快”啊！

某进一步认为，好的诗歌必然是好的批评生活的艺术！

当然，谈闻一多的诗，我们千万不能忘记他具体的主张，就是“三美”：

诗的实力不独包括着音乐的美、绘画的美，并且还有建筑的美。音乐美是指诗歌从听觉方面来说表现的美，包括节奏、平仄、重音、押韵、停顿等各方面的美，要求和谐，符合诗人的情绪，流畅而不拗口——这一点不包括为特殊效果而运用声音。

绘画美是指诗歌的词汇应该尽力去表现颜色，表现一幅幅色彩浓郁的画面。

建筑美是指针对自由体提出来的，指诗歌每节之间应该匀称，各行诗句应该一样长——这一样长不是指字数完全相等，而是指音尺数应一样多，这样格律诗就有一种外形的匀称均齐。

我们也不能忘记他的象征派杰作《死水》，尽管现代诗坛是一潭异于《死水》中的死水，但总有一天，我们会打破这潭死水！

假如有时间，我们应该去拜访一下闻一多纪念馆。其坐落在闻一多故乡凤栖山麓的清泉寺遗址上，占地 15 亩，建筑面积 1512 平方米，主体工程是一座庭院式的仿古建筑群。1984 年经中共中央宣传部批准建立，1988 年开始动工兴建，1992 年 9 月江泽民总书记亲笔题写了馆名，1993 年 5 月 18 日开馆。2001 年被中宣部确定为全国爱国主义教育示范基地，是国家 AA 级旅游景点、国家重点博物馆、中国民主同盟湖北省委盟员爱国主义教育基地、武汉统一战线爱国主义教育基地。闻一多纪念馆陈列着闻一多的生平事迹、著作、诗、文、书、画、篆刻、金石手稿和遗物；陈列着毛泽东、朱德、宋庆龄、郭沫若、胡耀邦、江泽民等无产阶级革命家和近现代中外文化名人、学者、艺术家关于闻一多的文论、专著、题词、诗文书画原件及有关文献资料。

（八）：徐志摩的诗

诗歌的研究家们喜欢卖弄比一般普通读者更深更高的学问，常常拿徐志摩先生的《西窗》说事，就像在冬日的阳光下，终于从老旧肮脏的棉袄中，找寻到一只虱子般的快乐。

那么，我们不妨把《西窗》中最著名的几句请出来共赏吧：

——

再有从上帝的创造里单独创造出来曾向农商部呈请
创造专利的文学先生们，这是个奇迹的奇迹，
正如狐狸精对着月光吞吐她的命珠，
他们也是在月光勾引潮汐时学得他们的职业秘密。
青年的血，尤其是滚沸过的心血，是可口的：——
他们借用普罗列塔里亚的瓢匙在彼此请呀请的舀着喝。
他们将来铜像的地位一定望得见朱温张献忠的。

尽管从字面上看，这段并不晦涩的文字，只是针对“文学先生们”的，但一直以来被认为是对当时正在兴起的无产阶级文学运动的攻击！某通读几番之下，觉得好像并没有这么严重，不过是年轻人的无心快语而已！

其实，这正是徐志摩的风格。他自己也说早期写诗“绝无依傍，也不知顾虑，心头有什么郁积，就付托腕底胡乱给爬梳了去，救命似的迫切，那还顾得了什么美丑”。

尽管徐志摩是一个永远长不大的孩子，但是他在中国诗坛上留下了永远光辉灿烂的作品，可笑那些有心机的朋友啊！

但是，某在这里还是要为徐诗语言的音乐性喝彩。显然，可爱的志摩同志在语言的锻炼方面是下过一番功夫的，这功夫深到有时感觉不出其字里行间是经过反复打磨与斟酌的。

用写诗的方式与风格来处理爱情与婚姻，显然徐志摩先生付出了比“焦头烂额”更深重的代价，我们在这里就不费口舌了。

（九）：戴望舒的诗

戴望舒的好朋友艾青，是这样评价他的：戴望舒所走的道路是中国一个正直的、有很高文化教养的知识分子的道路，他和广大劳动人民失去了联系，他写诗从纯粹属于个人的低声的哀叹开始，他常常要通过自己的真切感受，有时甚至通过现实的非常惨痛的教育，才能比较牢固地接受或是拒绝公众早已肯定或是否定的某些观念。哈！看来他本人就是一个结着愁怨的丁香一样的姑娘。

但 1936 年 10 月，戴望舒与卞之琳、孙大雨、梁宗岱、冯至等人创办了《新诗》月刊，这可是中国近代诗坛上最重要的文学期刊之一。《新诗》在 1937 年 7 月停刊，共出版 10 期，是新月派、现代派诗人共同交流的重要场所。

戴望舒将法国象征派作为自己偷食的禁果，以此来丰实自己诗歌创作的艺术手法。以象征化的意境和氛围传达感情，是戴望舒对中国现代派诗歌建设的一个重要贡献。象征派诗人追求的是把强烈的情绪寓于朦胧的意象中，主张诗要写得像“面纱后面美丽的双眼”，传达出内心的最高真实。戴望舒创作与接受的审美标准正是使诗歌处在表现与隐藏自己之间，即诗歌的朦胧美。望舒诗歌的朦胧之美正是通过意象的虚实和含蓄表现出来的。戴诗不仅在物象选择上常起用古诗中常用意象，自身充满迷蒙、邈远、空灵之气，而且以意象与象征、暗示的联系建立、创造了意蕴内涵的朦胧美。尤其是在意象之间的组合上讲究和谐一致，所以常给人一种张弛有致的流动美感；而流动的便是氛围，这种情调氛围的统一、整合所造成的情境合一、心物相融，获得了浓重的朦胧美的审美特质。

戴望舒曾说："诗的情绪不是用摄影机摄出来的，它应当用巧妙的笔触描出来。这笔触又是活的，千变万化的。"这里所说的"巧妙的笔触"就是用艺术的语言筑造诗歌。戴望舒的诗歌语言最突出的艺术特点就是音乐美。音乐美主要是指音节和韵脚的和谐、统一，使人的阅读朗朗上口、富有乐感。戴望舒第一辑诗集《旧锦囊》中的十二首诗，都有明显的格律诗的特性，明显受到当时流行的新月诗派新格律诗的影响，句式大体匀称，每节行数相等，诗形整饬，押韵而且韵位固定，有的还讲究平仄相间。在《流浪人的夜歌》中，一共四节，每节三句，每句七字，且十分押韵。《断章》一诗更突出了诗人追求音乐美的特点。该诗一共八句，每句八字，分前后两节，且在诗中加入了古典诗歌所具有的韵味，极似一首婉约小令。杜衡在《望舒草·序》中说："诗人追求着音律的美，努力使新诗成为跟旧诗一样可吟的东西。"在第二辑《雨巷》六首中，诗形也大多整齐，十分注重音乐性。例如《雨巷》，在梦幻与现实的不断交融中，ang 韵反复出现，连绵不断地织就了一张音韵的网，把人笼罩其中，好像在倾听一首低回的吟唱。

戴望舒从《我的记忆》开始，逐渐摆脱格律诗的樊篱，开始为自己制造“最适合自己走路的鞋子”，即以自由的散文化手法传达感情。这种现代口语形式的自由诗体，显示出了戴望舒诗歌所具有的另一种艺术美——散文美，这种创作风格也确立了诗人在现代派诗歌中的地位。

（十）：艾青的诗

网上标准版本是这样记述的：艾青（1910—1996），原名蒋正涵，曾用笔名莪加、克阿、林壁等，浙江省金华人。成名作《大堰河——我的保姆》发表于1933年，这首诗确定了他诗歌的基本艺术特征和他在现代文学史上的重要地位。艾青被认为是中国现代诗的代表诗人之一，其作品被译成几十种文字，著有《大堰河》《北方》《向太阳》《黎明的通知》等诗集。在中国新诗发展史上，艾青是继郭沫若、闻一多等人之后又一位推动一代诗风，并产生过重要影响的诗人，在世界上也享有盛誉。

艾青的诗歌以它紧密结合现实的、富于战斗精神的特点继承了“五四”新文学的优良传统，又以精美创新的艺术风格成为新诗发展的重要收获。这里既反映了作者的艺术才能，又铭记下他严肃的、艰苦的艺术实践。在他的诗歌中，饱满的进取精神和丰富的生活经验带来鲜明的特点。艾青的诗歌具有鲜明深刻的形象，随着诗歌结束，形象也就完成。形象，不仅指人，也包括物，以及思想等的形象化。

艾青的诗在形式上不拘泥于外形的束缚，很少注意诗句的韵脚、字数、行数的划一，但是又运用有规律的排比和复沓，造成一种变化中的统一。

艾青文化公园位于金华市金东区义乌江南岸、金东区行政中心和商业文化中心北侧，东邻康济街，西至宾虹路。公园占地面积约 13 万平方米，总长度约 1600 米，是金华城市绿地系统三江六岸绿化带的一部分。艾青文化公园中心广场主题雕塑《光的赞歌》，由 36 根 1.2 米见方的天然石柱按高度渐变排列组成，石柱最高达 9.7 米，与在同一条走线上的城防工程主题雕塑《礁石》融为一体，成为一件完整的艺术品，通过别致的造型以及光和影的旋律变化，从不同角度展示艾青诗作流动的意境。

艾青纪念馆位于中国浙江金华婺江之畔，建筑面积为 2700 平方米。内设 5 个展厅、一个多功能报告厅、一个书画作品展览厅、一个珍藏品陈列室。展厅中所用文字部分大量引用艾青本人的话语，并选用了 20 余首艾青的著名诗句穿插于文字介绍之中，同时精选了艾青在各时期参加重要活动的照片约 160 张。

与真实的人生相比，诗歌永远只是人生的一部分。它小心翼翼地透射着时代的光芒，并且随着时光日益远逝。

但总有一些光辉灿烂的作品像璀璨的星光一样留在了璀璨的星空里，成就了诗人的价值与意义。

其实在这短短一个早晨对艾老诗歌的研究与探索之中，最让我感兴趣而敬佩的是他所经历的不平凡的人生，特别是在不平凡的时代对自身良知的坚守。

因此，文学，特别是诗歌的价值与意义，必须与作者人生的价值与意义联系在一起，才能真正引导社会的良知向至善的方向发展！

以上排比、复沓的论述，是不是有点艾青味道啊？一笑。

（十一）：冯至的诗

冯至（1905—1993）先生居然和我是同济大学校友，在研究他之前，某是未曾知晓的。1923 年他加入林如稷等人创办的文学团体浅草社，1925 年和杨晦上大学，1935 年获得海德堡大学哲学博士学位，1936 年至 1939 年任教于同济大学。曾担任中国社会科学院外国文学研究所所长。

网上是这样评价他的：冯至先生博古通今，学贯中西，在文化学术上颇多建树。他从 20 世纪 20 年代起，就积极投身于新文化运动，是“五四”新文学运动的直接参与者，并且成就斐然，因诗集《昨日之歌》《北游》享誉一时，被鲁迅誉为“中国最杰出的抒情诗人”。冯至先生创作的《十四行集》更是在中国新诗的写作中开创新体，独步文坛，影响深远。除创作外，冯至先生在中外文学上同样贡献卓越，他既精通中国古典文学，又精通欧洲文学，他对杜甫和歌德的研究成果《杜甫传》《论歌德》在中国学术史上均具有开创性的意义。而作为教育家，冯至先生恂恂儒雅，诲人不倦，造就和培养了一大批学有专攻的外国文学，尤其是德语文学研究和翻译人才。同时，冯至先生一生为中国外国文学事业呕心沥血，鞠躬尽瘁，对中国外国文学学科的发展和整体规划有筚路蓝缕之功。

某以为，其他方面的评价可能是恰如其分的，但对其《十四行集》的评价有点过誉了，请看其中最好的一首诗：

16

我们站立在高高的山巅，
化身为一望无边的远景，
化成面前的广漠的平原，
化成平原上交错的蹊径。
哪条路，哪道水，没有关联，
哪阵风，哪片云，没有呼应；
我们走过的城市、山川，
都化成了我们的生命。
我们的生长，我们的忧愁
是某某山坡的一棵松树，
是某某城上的一片浓雾；
我们随着风吹，随着水流，
化成平原上交错的蹊径，
化成蹊径上行人的生命。

某以为，尽管冯老在这里较熟练地运用了十四行诗这种西方古老的格律诗形式，显示了他杰出的艺术才华，但若与莎士比亚相较，简直是小巫见大巫。

但是，除了《十四行集》，冯老还有《伍子胥》！而《伍子胥》的出现标志着小说家冯至诞生了。

（十二）：卞之琳的诗

他与张謇同为海门老乡，曾是徐志摩的学生；他的《断章》成为新诗的不朽代表作；他不仅是“汉园三诗人”之一，还是著名的文学评论家、翻译家。这里的他，当然就是卞之琳了！

卞之琳于20世纪30年代出现于诗坛，曾经受过“新月派”的影响，但更醉心于法国象征派，并且善于从中国古典诗词中汲取营养，形成自己独特的风格。他的诗精巧玲珑，联想丰富，跳跃性强，尤其注意理智化、戏剧化和哲理化，善于从日常生活中发现诗的内容并进一步挖掘出常人意料不到的深刻内涵，诗意大多偏于晦涩深曲，冷僻奇兀，耐人寻味。

卞之琳主张“未经过艺术过程者不能成为艺术品，我们相信内容与外形不可分离”。他创作态度严谨，孜孜不倦地探索“艺术过程”中的转化与表现，即使对新诗的外部形式也刻意追求变化和创新，更不用说在诗的意象、内容方面。诗人坚持不懈地进行诗歌创作和理论研究，成功地实验和引进了西方多种现代诗歌形式，为中国象征主义、现代主义诗歌的发展开拓了新的景观，有着很大的启蒙意义和重要贡献，并取得了相当的艺术成就。一首《断章》冠压现代诗坛，可是这诗真真切切装饰了现代诗歌的窗子，但却装饰不了现代人对诗歌，特别是对古典诗词的渴望与梦想，难道不是吗？再读一遍吧：

你站在桥上看风景，
看风景的人在楼上看你。
明月装饰了你的窗子，
你装饰了别人的梦。

（十三）：何其芳的诗

现代著名诗人和文学理论家何其芳，原名何永芳，国文老师将“永”改为“其”，成为何其芳。这一字之改，使名字大放光彩，由一个十分俗气的名字，变成一个内涵隽永的美名。将“永”改为“其”，名字起了两大变化：一是变姓分档为连姓取名，扩大了名字的容量，丰富了名字的内涵；二是变三个实词为两实一虚，虚实相生，使名字充满了生机，跳荡着情感，升腾着热浪，具有感人的力量。何其芳——多么芬芳，多么美好，多么令人陶醉啊！名字散发着诗意，洋溢着浪漫情怀，真是不可多得的佳名。何其芳不负众望，后来成为著名诗人和文学评论家，使“名副其实”，美名远播。

何其芳同志在艺术上不断进行着新的追求和探索，在理论上也有自己的独立建树。何其芳同志治学严谨，刻苦勤奋。他研究了我国古典诗歌、民歌、新诗在形式上的特点，根据现代汉语的客观规律，提出了建立现代格律诗的主张，并且在自己的创作实践中，对诗歌的形式进行了新的探索。

何其芳诗歌的特点，以“顿”作为节奏的标志，主张每行的顿数要大体整齐（不必顾到字数整齐），每行基本上以两个字的词收尾（也不排除一个字的词收尾），每节的行数应有规律，押大致相同的韵，但不必一韵到底。以上意见是针对20世纪30年代以来一股由散文美而带来的散文化诗风提出的。某以为，其代表作《预言》就是最好的例子。真正的诗歌爱好者，假如未曾读过，请赶紧读一读啊：

预　言

这一个心跳的日子终于来临，
你夜的叹息似的渐近的足音。
我听得清不是林叶和夜风私语，
麋鹿驰过苔径的细碎的蹄声。
告诉我，用你银铃的歌声告诉我，
你是不是预言中的年轻的神？

你一定来自温郁的南方，
告诉我那儿的月色，那儿的日光。
告诉我春风是怎样吹开百花，
燕子是怎样痴恋着绿杨？
我将合眼睡在你如梦的歌声里，
那温馨我似乎记得，又似乎遗忘。

请停下，停下你长途的奔波，
进来，这儿有虎皮的褥你坐！
让我烧起每一个秋天拾来的落叶，
听我低低唱起我自己的歌。
那歌声像火光一样沉郁又高扬，
火光一样将我的一生诉说。

不要前行，前面是无边的森林，
古老的树现着野兽身上的斑纹。
半生半死的藤蟒一样交缠着，
密叶里漏不下一颗星星。
你将怯怯地不敢放下第二步，
当你听到第一步空寥的回声。

一定要走吗？请等我和你同行！
我的足知道每条平安的路径，
我可以不停地唱着忘倦的歌，
再给你，再给你手的温存。
当夜的浓黑遮断了我们，
你可以不转眼地望着我的眼睛。

我激动的歌声你竟不听，
你的足竟不为我的颤抖暂停。
像静穆的微风飘过这黄昏里，
消失了，消失了你骄傲的足音……
呵，你终于如预言所说的无语而来
无语而去了吗，年轻的神？

（十四）：穆旦的诗

“有一分热，发一分光”，从青年时代起，鲁迅的这句话成了穆旦最喜欢的名言。

“一个人到世界上来总要留下足迹”，据说这是穆旦自己经常对人对己说的话。

但他临死前，在《冥想》的诗中道出了自己的内心独白：“而如今突然面对坟墓，我冷眼向过去稍稍四顾，只见它曲折灌溉的悲喜，都消失在一片亘古的荒漠。这才知道我全部的努力不过完成了普通生活。”

穆旦（1918—1977），原名查良铮，曾用笔名梁真，出生于天津，祖籍浙江省海宁市袁花镇。爱国主义诗人、翻译家。20 世纪 80 年代之后，许多现代文学专家推其为现代诗歌第一人。他亦是九叶诗派成员之一，从事国外诗歌翻译工作，译本在国内翻译文中有较大影响。对于诗人最好的尊敬与怀念，莫过于读他的作品了，请读一读他的《冬》吧：

我爱在淡淡的太阳短命的日子，
临窗把喜爱的工作静静做完；

才到下午四点，便又冷又昏黄，
我将用一杯酒灌溉我的心田。
多么快，人生已到严酷的冬天。
我爱在枯草的山坡，死寂的原野，
独自凭吊已埋葬的火热一年，
看着冰冻的小河还在冰下面流，
不知低语着什么，只是听不见。
呵，生命也跳动在严酷的冬天。
我爱在冬晚围着温暖的炉火，
和两三昔日的好友会心闲谈，
听着北风吹得门窗沙沙地响，
而我们回忆着快乐无忧的往年。
人生的乐趣也在严酷的冬天。
我爱在雪花飘飞的不眠之夜，
把已死去或尚存的亲人珍念，
当茫茫白雪铺下遗忘的世界，
我愿意感情的激流溢于心田，
来温暖人生的这严酷的冬天。

他是这样阐述“现代诗”特征的：诗的概念已经变了，不再是表达激情，而是反映人生经验。他认为诗是彻头彻尾的戏剧行为，以 1935 年英国诗剧的崛起为标志的现实、象征、玄学的综合传统，使意志和感情转化成诗的经验。诗歌凭借着戏剧的表现，从而避免说教与感伤倾向。诚如是，生活哲理和人生经验代替了诗的感伤，戏剧主义代替了单一性，客观性、间接性代替了直抒胸臆，诗歌必须以坚韧的态度面对现实，在艺术与现实之间求得平衡。

穆旦先生不愧为九叶诗派成员人之一，以上观点正是九叶诗派在诗歌艺术表现手法上追求“新诗戏剧化”的诗歌主张！

（十五）：牛汉的诗

牛汉（1923—2013），本名原为史承汉，后改为史成汉，又名牛汉，曾用笔名谷风，山西省定襄县人，蒙古族。当代著名诗人、文学家和作家，七月派代表诗人之一。在现当代诗坛，牛汉是一个绕不过去的名字。在中学生中间，更因为他的十几篇诗文入选了人教版教材及中国香港和韩国的学生课本，而有着无数的粉丝。在《诗选刊》举办的中国首次诗歌读者普查中，68 万读者投了他的票。在评出的十大受喜爱的诗人中，牛汉排第 5 位。他的作品被译成俄、日、英、法、韩等多种文字出版。

牛汉自述说，他三四十年来，喜欢并追求一种情境与意象相融合而成形的诗。这种诗，对于现实、历史、自然、理想等的感受，经过长期的沉淀、凝聚或瞬间的升华和爆发，具有物象和可触性。诗不是再现生活，而是在人生之中经过拼搏和一步一滴血真诚地探索思考，不断地发现和开创生活中没有的情境。牛汉说他每写一首诗，总觉得是第一次写诗，它与过去任何一首诗都无关系，怀着近乎初学写诗时的虔诚和神秘感。在人生和诗歌领域，不停地抗争、探索、超越、发现，没有发现新的情境，决不写任何一行诗。其代表作《华南虎》全文如下：

在桂林
小小的动物园里
我见到一只老虎。
我挤在叽叽喳喳的人群中，
隔着两道铁栅栏
向笼里的老虎
张望了许久许久，
但一直没有瞧见
老虎斑斓的面孔
和火焰似的眼睛。
笼里的老虎
背对胆怯而绝望的观众，
安详地卧在一个角落，
有人用石块砸它
有人向它厉声呵斥
有人还苦苦劝诱
它都一概不理！
又长又粗的尾巴
悠悠地在拂动，
哦，老虎，笼中的老虎，
你是梦见了苍苍莽莽的山林吗？
是屈辱的心灵在抽搐吗？
还是想用尾巴鞭打那些可怜而可笑的观众？
你的健壮的腿

直挺挺地向四方伸开，
我看见你的每个趾爪
全都是破碎的，
凝结着浓浓的鲜血！
你的趾爪
是被人捆绑着
活活地铰掉的吗？
还是由于悲愤
你用同样破碎的牙齿
（听说你的牙齿是被钢锯锯掉的）
把它们和着热血咬掉……
我看见铁笼里
灰灰的水泥墙壁上
有一道一道的血淋淋的沟壑
像闪电那般耀眼刺目！
我终于明白……
我羞愧地离开了动物园，
恍惚之中听见一声
石破天惊的咆哮，
有一个不羁的灵魂
掠过我的头顶
腾空而去，
我看见了火焰似的斑纹
和火焰似的眼睛，
还有巨大而破碎的滴血的趾爪！

（十六）：蔡其矫的诗

蔡其矫（1918—2007）受惠特曼、聂鲁达的影响，曾翻译惠特曼、聂鲁达、埃利蒂斯、帕斯等人的作品，也从祖国传统的诗歌以及民歌中吸取营养，接受中外诗歌的多种表现方法，注意题材和形式的多样化。诗人对理想、自由、爱情和生命的追求，在心灵与时代的相撞击中，激溅出诗的火花，成为20世纪的一份见证。

爱情诗是蔡其矫诗歌创作中最重要的组成部分。他创作了许多旷世杰作，《也许》《等待》《思念》《距离》《相思树和石榴花》等，经常成为朗诵会上少男少女最喜爱的作品。在蔡其矫看来，诗人不写男女之爱那是奇怪的事情，“人类的男女结合是大地上面一件非常美好的事情”“对女人的爱，是纯洁心灵的崇拜”“爱情是人类精神的最深沉的冲动”。蔡其矫心目中永远尊置一个塑像，庄严圣洁，不容亵渎，那就是女性自然的胴体。

蔡其矫在接受媒体采访时说：“从广义上讲，爱祖国、爱大地、爱自然都是爱情。男女之爱，是人之天性，我把爱情分为三类：第一类是纯粹的友爱，没有肉体上的接触，但心灵相通，互相扶持；第二类是有情也有性的爱，是最激烈的、最高境界的爱情；第三类是纯粹的性爱，是最短暂，也是最低层次的爱。”

谈及对自己诗歌创作成就的评价，蔡其矫认为他是一个过渡者，是新人的跳板。他说，要做真正的诗人，就要忍辱负重。世界上多数文学大家都是在冷落中成功的；相反，很多当时走红的作家和作品，很快就被人忘记了。作为诗坛前辈，他对年轻诗人提出忠告，要成为一名真正的诗人，一要热爱自然，二要过普通的生活，三要有感情地生活。其代表作《也许》：

在生活的艰险道路上
我们有如太空中两颗星
沿着各自的轨道运行
却也迎面相逢几回，无言握别几回
没有人知道我们今后的命运如何
没有人知道我们是否会相互发现
时间的积雪，并不能冻坏
新生命的嫩芽，
绿色的梦，在每一个生冷的地方
都唤起青春。
在我们脚下，也许藏着长流的泉水
在我们心中，也许点亮不朽的灯
众树都未曾感到
众鸟也茫无所知
在生活中，我永远和你隔离
在灵魂里，我时时喊着你的名字

（十七）：流沙河的诗

理　想

理想是石，敲出星星之火；
理想是火，点燃熄灭的灯；
理想是灯，照亮夜行的路；
理想是路，引你走到黎明。

饥寒的年代里，理想是温饱；
温饱的年代里，理想是文明；
离乱的年代里，理想是安定；
安定的年代里，理想是繁荣。

理想如珍珠，一颗连着一颗，
贯古今，串未来，莹莹光无尽。
美丽的珍珠链，历史的脊梁骨，
古照今，今照来，先辈照子孙。

理想是罗盘，给船舶导引方向；

理想是船舶，载着你出海远行。
但理想有时又是海天相吻的弧线，
可望而不可即，折磨着你那进取的心。
理想使你微笑地观察着生活；
理想使你倔强地反抗着命运。
理想使你忘却鬓发早白；
理想使你头白仍然天真。

流沙河，原名余勋坦，1931 年生于成都市青白江区城厢镇（原金堂县县城）槐树街余家祠堂。1948 年高中时期开始发表作品。1957 年 1 月参与创办诗刊《星星》，并发表散文诗《草木篇》，由此为诗界、文学界瞩目。此后不久，其散文诗《草木篇》遭到公开批判，被认为是“站在已被消灭的阶级立场”上，“向人民发出的一纸挑战书”，由此被打为右派，遣送回城厢镇劳动。先后做过装卸工、搬运工、木工。

20 世纪 70 年代末，流沙河回归文坛，仍然以诗作为主，记叙自己以往的生活遭遇和心理体验，后结集为《流沙河诗集》（1982）、《故园别》（1983）、《游踪》（1983）等。

我以为，流沙河的诗正好具备朗朗上口、平仄用韵、推陈出新三个特点，这与某提出的三点诗歌主张遥相呼应！难怪《理想》一诗被选入初中语文课本。

看来普天之下，没有人没学习过流沙河先生诗歌，写诗写到这个份儿上，也算是可以了，夫复何求啊！

（十八）：邵燕祥的诗

邵燕祥，当代诗人，1933 年 6 月 10 日出生于北京（北平）一个职员家庭。1953 年加入中国共产党。新中国成立后，历任中央人民广播电台编辑、记者，《诗刊》副主编，中国作协第三、四届理事。著有诗集《到远方去》《在远方》《迟开的花》，有《邵燕祥抒情长诗集》。

人物周刊：您怎样看今天的文坛？

邵燕祥：早在 1984 年年底，我就辞去《诗刊》副主编职务。从那时起，我不太关心诗歌界的事情，更别说整个文坛了。

鲁迅曾讲过什么是“诗歌之敌”，如果按照他的思路，我觉得我们现在的诗歌之敌和文学之敌，一是官场化，另一个是过度市场化。这两者从根本上妨碍了我们许许多多有才华的作家自由创作的精神，它们都是枷锁。

其代表作《陌上桑》：

感谢你给我
嫩嫩的桑叶
我咀嚼陌上的阳光

清明的丝丝雨

为了你作茧自缚
为了你蹈火赴汤
一丝一缕闪耀着
清明雨，陌上的阳光

生命后的生命，随你
走向世界外的世界
千里万里丝绸路
回头望陌上的桑叶

（十九）：傅天琳的诗

傅天琳，中国现代诗人。1961 年于重庆电力技术学校毕业后，被分配到市郊缙云山农场种果树直到 1980 年。其间，在诗和生活的感召下，开始尝试写诗。1978 年参加重庆市文学创作会。1979 年加入中国作家协会四川分会。1980 年出席省第二次文代会，被选为作协分会理事，翌年被选为重庆市文联委员。2010 年获第五届鲁迅文学奖全国优秀诗歌奖。一级作家，编审，中国作协会员、中国诗歌学会副会长、重庆新诗学会会长。

2000 年，傅天琳退休后在北京带外孙女，整整三年，几乎没有读过一首诗、写过一首诗，她甚至完全断绝了和外界的交往。傅天琳说，这三年她就是一个纯粹的外婆，这样的经历让她再次重温了母爱带来的快乐。

有了这样的感悟后，2003 年，傅天琳再次拿起笔，用诗歌的语言记录下外孙女的一颦一笑，以及三年来点点滴滴的感动。傅天琳说，当她把这些诗念给外孙女听时，她的眼眸里居然出现了一种异样的光泽，就像是她一岁时第一次看到一大片蔷薇花时的那种光泽，傅天琳的心为之柔柔一动。她是这样写《母亲》的：

在田野，母亲
你弯腰就是一幅名画
黏满麦秸的脸庞
疲劳而鲜亮
银色夜晚的柔情
来自一座草房
我们家永远葱绿
来自母亲的灵魂
永远地开放
儿孙般的玉米和谷穗
一代代涌来
将你围成一座村庄
在母亲博大的清芬里
我只有一粒绿豆的呼吸和愿望

2010 年 10 月 19 日，在鲁迅先生逝世 74 周年纪念日当天，傅天琳凭借诗集《柠檬叶子》获得第五届鲁迅文学奖诗歌奖。此次傅天琳参评鲁奖的诗集《柠檬叶子》，收录了其 2004 年到 2009 年间的近百首新作。鲁奖诗歌终评委员会副主任雷抒雁评价：她内心世界的平和、善良与质朴，在那种富于青春活力与成熟思考的刚性语言里，流溢和散发着一种奇异的色彩和气息。评委会颁奖词：傅天琳坚持个性化的艺术追求。她的诗关注现实，思考生命价值，寻找心灵方向，率性而真诚，感情真挚而丰厚，语言优美而朴素。她眼光向下，感觉向内，精神向上，亲切真实中达到一种超然境界。

（二十）：陈明远的诗

从20世纪80年代以来，世界上许多记者都在寻找三位名叫“CHEN M. Y”或“MAYER CHENEY”的中国人。

其中一位CHEN M. Y是“轰动全国”的诗人，他因十几首诗与毛泽东诗词相混，而在“文革”浩劫中惨遭迫害。但是人民群众喜爱陈明远的诗，他的诗有几十首编入《中国当代七名家诗选》。

另一位CHEN M. Y是在中文信息处理和数理语言学等科研领域做出重大贡献的科学家，是中国科学院的研究人员。他在计算机科学、现代物理学、心理学、经济学等方面也很有造诣。

还有一位CHEN M. Y，是著作很多的人文学者，从事中西方文化交流，最早主编一套外国人学习中国文化的视听教材。

多年以后，各国记者们才惊讶地“发现”这三位“CHEN M. Y”竟是同一个人！他就是陈明远，生于20世纪40年代，1963年毕业于上海科技大学，是计算机科学、语言学方面的专家。然爱好古典文学，自中学时代起便热衷写旧体诗词，但在“文革”中他的诗词不慎流出，被“红卫兵”认为是毛主席诗词，奔走相传。待到事实真相查明，陈明远又被打成特务分子，被迫害了 12 年，这就是有名的诗词冤案。

不唯如此，陈明远先生还有一首《广场上的诗》：

在阴森的梦境
我沉思着走向角斗场
以轻蔑的微笑
面对刽子手的冷枪
恶毒的火舌横扫
爆炸要崩毁这心脏
——从殷红的血泊里
　　升华起来吧
　　我的诗行！

这是陈明远先生在 1976 年四五运动期间，在天安门广场上被反复朗诵过的一首诗，后来广为传抄，并且作为天安门事件的历史文物由中国历史博物馆收藏。

在这里，我们要明白：当年的天安门诗歌运动是中国人民，特别是中国知识分子被迫发动的拯救民族生存危机的运动。在这场日后被载入史册的运动中，诗歌是人民手中、口中最主要的武器。这场对“文化大革命”带有强烈批判和否定色彩的运动，为促成全民族主体性的觉醒，做出了巨大的历史性贡献！

当然，诗歌在许多时候都是没用的！